JN048472

江戸POP道中文字栗毛

児玉雨子

Kodama Ameko

集英社

はじめに

初めて表彰状をもらったのは小学校四年生の頃、授業の一環で応募した小林一茶《こばやしいっさ》俳句コンクールでした。そのまま文芸や日本古典文学の道へ……とはならず、近代文学とポップカルチャーにどっぷり浸りました。受験科目は当時大ブームを起こした『ヘタリア』の影響で世界史を選択し、忠臣蔵の吉良上野介《きらこうずけのすけ》より『ジョジョの奇妙な冒険』の吉良吉影《よしかげ》、新撰組といえば『銀魂』の真選組、といった平成オタク女性でした。当時の時代物でちゃんと最後まで鑑賞したものは、安野《あんの》モヨコ『さくらん』や、二〇〇三年から放送されたフジテレビのテレビドラマ『大奥』シリーズぐらいでしょうか。

また、私の通っていた中学・高校はのんびりしているところだったので、古文の授業中に近世（江戸時代）の文芸作品まで触れることがありませんでした。そして、いくら文学的価値があっても『源氏物語』の光源氏はクズにしか見えないし、百人一首の暗記も、助動詞「ぬ」の識別も、何もかも面倒で、正直古文には苦手意識がありました。

学生時代から作詞家として少しずつお仕事をもらうようになり、メジャーレーベルの楽曲作詞を任せてもらえるようになった頃、必修授業で松尾芭蕉《まつおばしょう》の俳諧の連歌と出会いました。職業作詞家が入るポップスの作詞は基本的に作曲家のメロディ先行で歌詞を書くのですが、みなさまもご存じの通り、古典の歌（詩）も七・五調の決まったリズムの上で歌世界が展開されます。俳諧の連歌は、百人一首のような和歌では通常使わないポップな言葉（俳言）や季語を使い、ある一定の周期で花や月の句を捻らなければならない……など、数あるルールのもとで真剣に言葉遊びをしながら、新しい歌世界を構築してゆきました。そこに作詞に（ひいては作曲にも）通底するものを感じ、授業以外でも本を買って読むようになりました。一茶の名を冠した俳句コンクールから芭蕉の俳諧にはまり、一茶に戻ってゆくか……というとそうはならず、当時の他の文芸形態にも興味を持って触れるようになりました。

そして私が芭蕉や近世文芸を好んで読んでいることを知っていた集英社の担当編集者からウェブサイト「よみタイ」での連載のお話をいただきました。当初はオリジナルの時代小説の依頼でしたが、あくまで趣味の範囲で読んでいたため私の腰が引けてしまい、まったく勉強が足りていないので読書エッセイはどうでしょう、と逆提案したのがこの連載の発端です（ちなみにエッセイだけでなく、特別編として近世文芸作品を原作としたリメイク短編を三篇加えました。楽しんでいただけますように)。

このような機会をいただき、私自身新たに出会う物語や技術がありました。特に『比翌紋目黒色揚』という翻刻(写本などを活字に組むこと)されていない古典作品を読むために、くずし字を読み取るアプリ「みを」を使ったのはとても刺激的な読書体験でした。

古典や近世文芸に興味があるもののどこから手をつければよいかわからない方、漫画やアニメ、音楽などのポップカルチャーが好きな方、装幀に惹かれた方、新しいもの好きな方にも、この本が近世文芸に触れるはじめの扉になればうれしいです。

もくじ

1

異種ヤンデレ純愛幼馴染ハーレムBL

――風来山人『根南志具佐』の「やおい」としての再解釈

「風来山人」の正体は……

図書館の全集の棚を眺めているときに、『風来山人集《ふうらいさんじんしゅう》』と書いてある背表紙が目に留まった。この名前だけでピンとくる方々はちょっと読み飛ばしてほしいのだが、浅学な私はこのひとが誰なのか知らなかったのだ。なんか気取った名前だなぁと思いながら、それを手に取って表紙を開くと、次ページの肖像画が現れた。

この独特の目つき。さすがに一度は見たことがある――平賀源内《ひらがげんない》だ。

〔1〕

異種ヤンデレ純愛幼馴染ハーレムBL
——風来山人『根南志具佐』の「やおい」としての再解釈

平賀源内の肖像画／『戯作者考補遺』、
国立国会図書館デジタルコレクション

彼はかの有名なエレキテルの復元をはじめ、温度計や燃えない布などを発明し、蘭学を修め、天才と呼ばれたひと。そんな平賀源内は、戯作（現代でいう小説）・俳諧・浄瑠璃・絵画などの文芸・美術にも精通していた。この気取った「風来山人」という名前は、彼の戯作の活動でのペンネームだった。浄瑠璃作家としては「福内鬼外《ふくうちきがい》」という、気取るどころかふざけたペンネームもある。

そんな風来山人（以降、源内のことは戯作ペンネームで呼ぶ）の代表作として挙げられる江戸BL作品『根南志《ねなし》具佐《ぐさ》』（一七六三・宝暦十三年）を紹介したい。

『根南志具佐』のあらすじ

『根南志具佐』は、人気女形の二代目荻野八重桐《おぎのやえぎり》が舟遊びをしている最中に溺死したという、当時実際に起きた出来事をもとにしたフィクションで、その実は地獄の閻魔大王が別の人気女形、二代目瀬川菊之丞《せがわきくのじょう》に惚れてしまい、菊之丞を地獄に連れてこようとしたが、色々あってその身代わりに八重桐が入水してしまった、という物語だ。題名は、この実際の出来事に作り話を捏ねた「根も葉もない話」を意味している。

物語は、菊之丞と関係を持っていた若い僧侶があの世にやってきたことで始まる。彼は菊之丞に入れあげるあまり首が回らなくなり、師匠の金を盗む罪を犯し、生臭坊主として閻魔大王の元にやってきた。閻魔は男色に抵抗を示していたが、僧侶があの世まで持ってきた菊之丞のブロマイドを見て一目惚れ。なんとかして菊之丞を傍に置きたいと思うが、彼の寿命が尽きるのはまだまだ先なので、自分の従えている神々を招集し会議をし、その中でも水を司る龍神に、菊之丞を殺して連れてくるよう命じる。

命を受けた龍神は竜宮城に戻り、眷属を集めて、菊之丞誘拐の計画を立てる。その中でも伊勢海老は、現代でいう西麻布・六本木・銀座・赤坂のような派手な歓楽街に出入りしており芸能人事情にも詳しく、菊之丞が近日中に隅田川で舟遊びする情報を

{ 1 }

異種ヤンデレ純愛幼馴染ハーレムBL
──風来山人『根南志具佐』の「やおい」としての再解釈

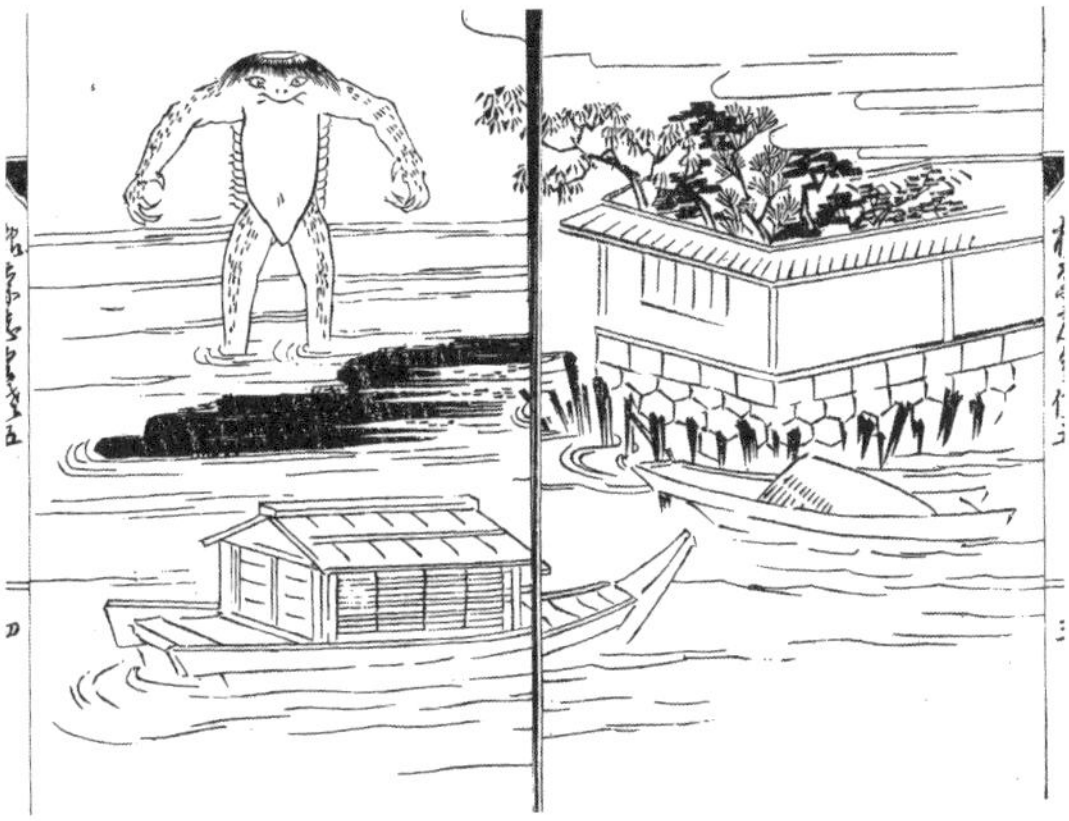

想像より河童が大きい／『根南志具佐』、
国立国会図書館デジタルコレクション

摑んできた。それをもとに河童（＊1）が、菊之丞をおびき寄せる実行役となる。

　伊勢海老の情報の通り、菊之丞はその日に隅田川で役者仲間たちと一緒に舟遊びに来ていた。一同はしじみを取りに小舟に乗り換えていたが、菊之丞は俳諧の発句を思いつきそうだったので、舟にひとり留まっていた。

　菊之丞がいい感じの発句を思いついて詠んでみると、どこからかもっといい感じの脇句が返ってきた。その声の主を探していると、笠を深く被った二十四、五歳ほどの若い侍が、小舟に乗ってこちらを見つめていた。菊之丞はその侍に少しときめいてしまうが、あの亡くなった僧侶のことを思い出して惑っていた。

「夏の風になりたい。君の服の中に忍び込

める風に」

　侍はそう歌を詠んだ。コロッと参ってしまった菊之丞は「私も、風を誘う扇の手を止めて、その骨の隙間から君を覗き見つめたいです」と返し、侍は自分の小舟から菊之丞の舟に移って来て、ふたりは舟の上で交わる。

　ことが終わったあと、侍は菊之丞の顔を見つめて、突然はらはらと泣き始めた。彼の正体は、閻魔と龍神の命で菊之丞を殺しにきた河童だった。人間に化けて菊之丞に迫ったものの、彼に惚れてしまったので、菊之丞を逃がし、自分は任務失敗の罰を受けて死のうと決意する。不憫に思った菊之丞は、自分をあの世に連れてゆけ、と二人して死のうとする。

　そんな二人を制止しに、八重桐がどこからともなく現れる。彼はしじみ取りの途中で体調が悪くなりひとりで舟に戻ってきたものの、舟では菊之丞と河童がセックスしていたので、邪魔しないように身を潜めていた。そのため八重桐は一部始終を聞いており、なら自分が菊之丞の身代わりに死のう、と名乗り出る。彼は幼い頃から菊之丞の親に恩義があるので、その子である菊之丞のためなら命は惜しくない、と思っているようだった。

「俺が死のう」「いや俺が死のう」「いやいや私が」と三人が死に競っていると、他の役者連中全員がしじみ取りから戻ってきた。菊之丞が慌てている間に、河童は咄嗟に水の中に隠れ、八重桐が入水してしまった。

この物語を現代風に言うなら「異種ヤンデレ純愛幼馴染ハーレムBL小説」だろうか。

ちなみに作者の風来山人（平賀源内）自身が男色家で有名で、作品に登場させた二代目菊之丞と実際に恋仲だった。自分の恋人でハーレム小説を書くなんてノロケというか、寝取られ願望でもあるのか……。

「やおい」として捉え直す

そんな本作は、実は社会風刺作品としての評価が高い。わがままな上に菊之丞にうつつを抜かし仕事をしない閻魔大王は、当時新発田藩を治めていた溝口氏を、そして傍若無人な閻魔に逆らえず部下に丸投げの龍神は、大名を表しているそうだ（＊2）。侍に化けた河童と菊之丞のやりとりや男色描写は、近世文芸評論家の中村幸彦に「一番見おとりがする」と評されている。

風刺作品としての評価がすでになされているこの作品を、わざわざ私が「BL」だと思ったのは、河童と菊之丞の物語の唐突さにある。

昨今の性的マイノリティ理解の機運に乗じて何かと持ち上げられるボーイズ・ラブだが、私は当事者を描いた男性同性愛作品とＢＬは峻別されるべきだと思う。少年漫画のラブコメ、少女漫画のラブストーリー、女性同士の「百合」作品も同様で、これらは実際の社会事情から乖離し美化・脚色された、ちょっと強い表現をすれば読み手に都合のいい作品だ。ＢＬや百合作品が好きだからといって、同性愛差別をしないとは限らない（＊3）。

そうは言っても、私はボーイズ・ラブや百合、ご都合主義なラブコメなどが実社会に即していないから価値がない、とは思わない。ＢＬには「やおい（やまなし・オチなし・意味なし）」という俗称があるが、そこに恋愛物語のドラマチックな展開、納得のいくオチ、社会・文学史的に重大な意味がなかったとしても、登場人物がもどかしい想いに揺れているさまが、軽視されずに充分に評価されるジャンルでもある。「やおい」として本作を捉え直すと、河童と菊之丞のやりとりは非常にベタだが美しく、漫画的にイメージしやすい。せっかくなので、侍が菊之丞の舟に乗り込んだ後の場面を好きなように超現代語訳してみた。

児玉版・超現代語訳

舟に乗って来た侍は「日が暮れて涼しくなりましたね」などと世間話ばかりして煮え切らない態度だったので、菊之丞は酒の入った銚子を持って彼の傍に寄った。

「さっき、僕の下手くそな歌に本当に素敵な脇句をいただいてから、なんか普通のひとじゃないな、って思ったんです。ねぇ、『一樹の陰も一河の流れも、ひとかたならぬ縁』ってことわざ、知っていますか。たまたま同じ木の下にいた、同じ川の水を飲んだ、って思っても、それは決してただの偶然じゃなくて、前世からのなみなみならぬ縁があるってことなんですよ」

菊之丞は、侍の持っている盃に銚子を傾けて、その口から流れる酒を見つめながらそう言った。そして注ぎ終わると菊之丞は俯いたまま声を振り絞った。侍と、目を合わせられない。

「だからその、お名前を訊いてもいいですか。あなたはどこから来たんですか」

「……両国橋の下流の、浜町のあたりに住んでいます。夏はよく小舟に乗って、この景色を楽しんでいるんですよ。あ、ひとりで、です。独身なんで……」

侍は顔をほころばせながら注がれた酒を呷ると、菊之丞の手を取った。

「君のことを見つけて、ほんとうに、その、びっくりしちゃったんですよ。すごく綺麗だから……つい舟を寄せてしまいました、すみません。あの、今夜は一緒にいてくれませんか。君のことをもっと知れたら、大袈裟かもしれないけど、もう死んでもいいよ、俺」

名前、教えてくれないんだ。菊之丞には小さなさみしさがわだかまったけれど、侍の手の熱さがそれを溶かしていった。ふたりは言葉の代わりに少しずつ酒を酌《く》み交わし、気づいたら夜の八時ごろだった。周囲の音は遠くなって、お互いの鼓動しか聞こえない。ふたりはどちらからともなく互いの帯を解き合った。

不変なモノを愛する「ネクロフィリア」

さて、もうひとつ気になるのは、閻魔のキャラクターだ。

軽く「ヤンデレ」と先述したが、よくよく読むと彼はおぞましい思考をしている。閻魔は男色への無理解を言い散らしたあと、菊之丞の錦絵でコロッと惚れてしまい、菊之丞を自分の傍に置きたいがために寿命が尽きるのを待たずに殺そうとする。恐ろしいのは、そこに菊之丞の意思や好意への気づかいがないことだ。この閻魔大王の一挙手一投足に、私はエーリッヒ・フロムの「ネクロフィリア」という言葉を思い出した。

フロムは、人間にはふたつの愛があると言った。不確定な未来に生き、変化を愛する「バイオフィリア」と、不変なモノを愛する支配的な「ネクロフィリア」だ。後者は他者の意思を否定・無視し、死体のように管理しようとする衝動で、フロムはナチスの心理がこれに当てはまると述べている。個人レベルで考えると、毒親問題や、あらゆるハラスメントもこのネクロフィリアに該当するだろう。

死体愛好の趣味があるわけではないが、閻魔は生きている菊之丞に会ったこともないのに錦絵に一目惚れし、面識のない彼を殺してまで自分のものにしようする、文字通りのネクロフィリアに陥っている。現代で本作が風刺として機能するなら、閻魔の行動はストーカーのそれやハラスメントとして解釈されるだろう。一方、命令に反してでも菊之丞を生かそうとした河童は、バイオフィリックな愛に満ちている。

現代では、閻魔のような人間はそんなに珍しい存在じゃない。『根南志具佐』には閻魔を討ち取るキャラクターがいない（＊4）のがまた生々しい風刺だが、せめて河童のようなバイオフィリアが溢れる世の中になりますように。

（＊1）底本テクスト（『日本古典文学大系55　風来山人集』）では、「水虎」と表記されているが、ここでは「河童」と表記する。
（＊2）中村幸彦校注『日本古典文学大系55　風来山人集』（岩波書店、一九六一）
（＊3）前近代の日本男色文化・衆道については、女性蔑視が根底にあり、また若衆（稚児）と念者の権力関係を考慮しても、私は本作を含めた男色作品を現代の男性同性愛に見合うものとして紹介はしない。
（＊4）続編『根無草後編』（一七六九・明和六年）では、一七六七・明和四年に逝去した初代市川雷蔵を題材に、彼が夢の中で傍若無人な閻魔を討つ描写がある。ちなみに、『後編』で菊之丞ではなく八重桐をあの世に連れてきた罪で、河童は蹴り殺されてしまう。

2

机上のマジカルバナナ
――J-POP作詞家が読む松尾芭蕉

「言葉の毒親」的発作に襲われるとき

二〇一八年頃に、ハロー！プロジェクトグループであるつばきファクトリーに「今夜だけ浮かれたかった」という楽曲の詞を書いた。Dメロに「浴衣を着なかった理由《わけ》」という一節があるのだが、これが「あるお祭りの夜、主人公の少女が片想いの相手とのセックスを期待して、一度脱いだら着付けできない浴衣を選ばなかった」と解釈され、一部のリスナーの間で広まっているようだった。

私としては、当初「友達何人かで来たお祭りに（浴衣を着るほど）はりきって来たのだと思われたくないから」というような、いじっぱりな女の子の心の機微を書いたつもりでいた。前者の解釈を最初に目にしたときは素直に感心したのだが、だんだんとＭＶのコメント欄やネット記事などであたかもそれが正解のように語られ始めると、さすがに違和感を覚えてしまうように。言及されるのはありがたく、本来なら嬉しいことなんだけど……。そういう解釈をされないためにはどう書くのがよかったのだろう？　と、何度か歌詞のＷｏｒｄデータを開いて書き直してみたこともある。

　多様な解釈に不正解の判定を下したくないから、どの楽曲でも極力歌詞を解説しないようにしてきた。解説は書き手の支配欲だとさえ思う。現代文の試験じゃないのだから、解釈の自由は守られるべきだ。しかし一方で、自分の書いたものが独り歩きを始めることへの抵抗感、いわば「言葉の毒親」的発作がないわけではない。この場合の毒親とは、「こんなの私が書いた歌詞（子供）じゃない！」と、自分かわいさに解釈の成長を阻んでしまうことだ。ここで具体的に「今夜だけ〜」を例にすることも言葉の毒親ムーヴかも、とためらったけれど、過去にインタビューでこのことを訊かれ同じ旨を答えたことがあるので、どうか勘弁してください。

　言葉の毒親である自分が目覚めてしまったとき、呪文のように唱える一節がある。「文台引き下ろせば即《すなわ》ち反古也《ほんごなり》」。俳聖・松尾芭蕉が弟子の服部土芳《とほう》に伝えた教えだ。

「文台」とは連句の席で使われる小さな机のことで、その上にのせた紙に詠まれた歌を書いてゆくのが連句のしきたりであった。シンプルに現代語訳すれば「どんな歌も詠み終わったら立ちどころに紙屑になる」ということだ。ここから「詞を書いて歌われた瞬間から、もう自分のものじゃない」と私は都合よく捉え直して発作を鎮めている。そして何より、これは芭蕉が活躍した俳諧という文芸形態の特徴を端的に表している。

俳諧＝マジカルバナナ？

さて、この「俳諧」とは何か。私なりの解釈では「マジカルバナナ文学」である。はじめにバナナの歌を詠んだら、バナナといったらフルーツ、フルーツといったらリンゴ……と、前の句とつながりつつも別の歌世界へ転じてゆく、そんな文学だ。教科書的に説明をするなら、俳諧とは、複数人でいくつかのルールのもと、句を順に詠み連ねてひとつの歌世界を作る「座の文学」のひとつである。もとを辿ると、平安時代の「雅」な貴族のものであった和歌・連歌に対する「俗」なカウンターカルチャーとして、鎌倉時代から既にあったとされる文芸形態だ。実は俳句はこの俳諧から派生したものだ。俳諧の最初の句「発句」が独立して鑑賞されるようになり、明治期に正岡子規が発句を「俳句」と呼び改め、近代文学・芸術のひとつとして捉え直した経緯がある（＊1）。

なぜ和歌や俳諧の連歌ではなく発句（俳句）が近代芸術になったのだろう。それは発句（俳句）の条件が、それ一句だけで歌世界が完結することであり、近代個人主義と相性が良かったのだろう。みんなで集まって「バナナといったら黄色～！　黄色といったら～！」と詠むものよりも「バナナは黒かった。九年前、実家のキッチンにあったバナナスタンドには首を吊ってうっ血したようなそれが……」と、ひとりブツブツと告白したものこそが「文学」であるというふうにされ、俳諧は近代芸術のメインストリームから降ろされてしまった（＊2）。

たとえるなら、アイドルグループ内のメンバー同士の関係に魅力を感じるのが「俳諧」で、エース兼リーダーが「発句」、そのエーダー（エース兼リーダー）が子規プロデューサーに発掘され「俳句」としてソロデビューし、ソロが評価される時代となった、ということだ。

マジカルバナナはプレイヤー、オーディエンス、レフェリーが一体化している。おもしろい連想が飛び出せば、次の番のひとは戦々恐々、順番待ちのひとはいち鑑賞者として楽しめて、「あいつ、すげ～」と感心することもあれば「それはどうなん？」と異を唱えることもできる。俳諧も同じで、オチがどこへ行くのかわからないスリリングな即興性と、鑑賞の楽しさが同居している。だから「文台〜」と芭蕉は弟子に伝えたのだろう。

編集作業を経た俳句

しかし、ここで引っかかる点がある。ほんとうに芭蕉たちがその場で懐紙を破り捨ててきたら、今の私たちが芭蕉の句を鑑賞できているわけがない。句は詠まれたあと、紙の読み物として編集・出版されてきたのだ。実際、あれほど啖呵を切るようなことを弟子に伝えながら、芭蕉はこの編集作業にも心血を注いでいることが見て取れる句がいくつもある。

こちらは連句ではなく一句立てだが、『おくのほそ道』で詠まれた有名な発句に「閑さや岩にしみ入蟬の声」がある。私は漫画『増田こうすけ劇場　ギャグマンガ日和』の読者だったので、江戸文芸に触れる前は、芭蕉と弟子の曾良《そら》が旅をしながら即興で詠んだものをそのまま収録したイメージを持っていたのだが、史実はそうではない。連句の座で何度も詠み直され、推敲・編集されたものが収録されている。その証拠に二つのプロトタイプが発見されているのだ。

{2}

机上のマジカルバナナ
——J-POP作詞家が読む松尾芭蕉

①山寺や石にしみつく蟬の声
（曾良「俳諧書留」一六八九・元禄二年）

②さびしさや岩にしみ込蟬の声
（「初蟬」一六九六・元禄九年、「泊船集」一六九八・元禄十一年）

芭蕉は長旅のすえ元禄四（一六九一）年の冬に江戸に帰り、それから『おくのほそ道』は、一六九四（元禄七）年四月に完成されたと言われている。その年のうちに芭蕉は没し、出版されたのは更に八年後の一七〇二（元禄十五）年だった。旅を終えて没するまで三年、出版までは十一年も経っている。もし芭蕉がさらに数年でも長く生きていたら、もう一回くらいは蟬の句をリミックスしていたかもしれない。これは『おくのほそ道』に限ったことではなく、他の作品でも句を入れ替えたり追加したりしていたようだ。

芭蕉は流行にひじょうに敏感だった。「新進気鋭の若者が出て、自分が古びてゆくのが怖い！」（＊3）と弟子に語っていたという記録も残っている。古くなることへの恐怖は、「歌は世につれ」なポップスのあり方とも通底する。若者の共感を多く集めた歌はその時代をレペゼンし、同時にたった数年で老いてしまう危険もはらんでいる。歌に

ひどい言われようのおじさんが芭蕉で、冷たいイケメンが曾良だ
『ギャグマンガ日和』7巻第125幕、増田こうすけ、集英社

しみこんだ時代が酸化して、懐メロになってしまうのだ。

『ギャグマンガ日和』七巻第一二五幕「心温まる東北の旅　ノンストップ松尾芭蕉」の冒頭で、芭蕉は「いい句ってのはな　何回言ってもいいものなんだよ！（中略）いやあほんと　いい句つくったよ私　100万回言っても飽きないよ！　100万回言おっ　五月雨《さみだれ》をあつめて早し……」と復唱しようとするシーンがあるが、実際の芭蕉はいい句ができても、すぐにまた直してしまいそうだ。ちなみにこの最上川の句も一度修正されており、当初の句会では「集《あつめ》て涼し」と詠んだとされている。

芭蕉はSNSで炎上したか

『おくのほそ道』が芭蕉の死後に出版されたことは、そういう意味ではとても幸運なことかもしれない。芭蕉は言葉の毒親にならずに済んだのだ。また、もちろん江戸時代にはSNSやインターネットはなかったので、芭蕉は自分の意向から逸脱した解釈を見聞きする機会もほとんどなかっただろう。純粋に羨ましく、そして芭蕉じいさんがSNS炎上で晩節を汚さず俳聖と呼ばれてよかった……と身勝手な安堵をおぼえる。

昨今は、作者やアーティストのSNS等での言動が作品のノイズとされ、辟易したファンが離れてしまうケースが多々ある。私如きですら経験がある。去る者は追わないが、言いたいことの嘔気《おうき》で苦しくなる。しかしこれは自立してゆく作品と、作者の意図、そして作者像それぞれの乖離が起こす出来事のひとつで、今のところ誰にもどうにもできないと思う。

新しいもの好きな芭蕉翁だから、きっと嬉々としてiPhone片手にSNSを使っただろう。なにか余計なことを呟いて炎上しただろうか、それとも人格も含めて再評価されただろうか……。

この即興と編集の表裏一体は、なにも音楽や俳諧・発句に限ったものではない。寝る前にああ言えばよかったこう言えばよかったとなるあの感じは、クリエイター特有の発作ではなく、誰にでも起こりうるものかもしれない。
　あの芭蕉ですら考えあぐねて何度も修正したのだから、この発作は止みがたいものなのだと諦めつつ、しかしもう出してしまったものにうだうだ言っても仕方ない。今日もただひたすら、現代の文台である液晶モニターに向かって、最後に何になるのかわからない、修正できないマジカルバナナをひとりで行うのだ。

（＊1）「発句は文学なり、連俳は文学に非ず。（中略）連俳固《もと》より文学の分子を有せざるに非らずといえども、文学以外の分子をも併有するなり。而《しか》して其の文学の分子のみを論ぜんには発句を以て足れりとなす」（正岡子規『芭蕉雑談』）。この「文学以外の分子」とは「前後相串連《かんれん》（原文ママ）せざる急遽倏忽《しゅくこつ》の変化」と子規は後述している。また、子規は『俳諧大要』の冒頭で「俳句は文学の一部なり。文学は美術の一部なり」と述べている。

（＊2）「（前略）芭蕉は発句のみならず、俳諧連歌にも一様に力を尽し、其門弟の如きも猶其遺訓を守りしが、後世に至りては単に十七文字の発句を重んじ、俳諧連歌は僅《わずか》に其付属物として存ずる（原文ママ）の傾向あるが如し」（正岡子規『獺祭書屋俳話』）。子規は発句を俳句という個人主義的文学へ変えながらも、同時に、明治以降は芭蕉の俳諧への尽力より発句ばかりが評価されたことも指摘している。

（＊3）「師も此道に古人なしと云り。（中略）今おもう処の境も此後何もの出て是を見ん。我是ただ来者を恐ると、返返詞有」（『三冊子』）。

3

天下一言語遊戯会

――俳諧史とポピュラー音楽の意外な共通点

俳諧はカウンターカルチャー?!

数年前、とあるテレビ番組の収録で俳人の黛《まゆずみ》まどかさんとご一緒した時、そこでポップス作詞と俳諧――正確には「俳諧の連歌」の親和性が話題に上った。

俳諧は、和歌・連歌に対するカウンターカルチャーだ。和歌・連歌は主に宮廷や貴族による伝統文化で、よく「雅」の文化と呼ばれる。一方俳諧は武士や商人も参加する、階級を問わない新興文化で、「俗」のそれとして扱われる。この「雅」と「俗」の具体的な違いは、歌を詠むときの言葉やモチーフにあらわれる。

天下一言語遊戯会
――俳諧史とポピュラー音楽の意外な共通点

たとえば和歌で使われる数字は基本的に「ひ、ふ、み」と訓読みだが、俳諧では「いち、に、さん」と音読みしてもよい。それまでは原則大和言葉で編まれてきた歌世界（＊1）に、漢語（当時の中国語）という外国語を入れて異化効果を生む俳諧的方法は、英語、和製英語、日本語が交ざるJ-POPにも近いところがある。

ほかにも、和歌では無教養な印象があるとして好まれない「畳語」というものも俳諧では受け入れられている。この「畳語」とは、「ばらばら」のようなオノマトペや繰り返し言葉のことだ。単純に繰り返すことで記憶に残りやすいし、音楽的な心地よさもある。

インテリの貞徳、爆笑の宗因、「文芸的」な芭蕉

では、そういった「俗」な言葉で詠まれる歌世界はどんなものだろう。これは俳諧の文学史的な流れも一緒に説明するほうがわかりやすいと思う。和歌でよく登場する「雁《かり》」という鳥に対して、松永貞徳《まつながていとく》（一五七一‐一六五三）という俳諧師はこんな句を詠んだ。

花よりも団子《だんご》やありて帰雁《かえるかり》（『犬子集』）

（現代語訳：せっかく花の季節なのに、それもたのしまず帰って行く雁たちの故郷には団子でもあるのだろうか）

伝統的な和歌の世界では、雁は花の風流がわからずさっと故郷に帰っていってしまう鳥とされている。そこに「花より団子」という「俗」な言葉を持ってきたのがこの句のおもしろさで、俳諧性があらわれている。

俳諧という文芸ジャンルは、俳諧の連歌のもとになった無心連歌として鎌倉時代からあったのだが、この松永貞徳は江戸時代の俳諧大流行の土壌を作ったと言っても過言ではない。和歌の知識を踏まえた句が多いのでややインテリ風味だが、貞徳の元に弟子が集まり、このような作風は「貞門俳諧《ていもんはいかい》」と呼ばれるようになった。

貞門はインテリをニヤリとさせるものが多いのだが、彼に次いで更に軽い調子の、爆笑を狙った句の名手が登場する。西山宗因《にしやまそういん》（一六〇五－一六八二）だ。彼にも弟子が集まり「談林俳諧《だんりんはいかい》」の開祖となった。

ながむとて花にもいたし頸《くび》の骨（「牛飼」等）

（現代語訳：こうして桜を眺めていると、ずいぶんと首の骨が痛くなってくるなぁ）

この句は平安～鎌倉時代に活躍した歌人・西行の「ながむとて花にもいたく馴れぬれば散る別れこそかなしかりけれ」のパロディで、元ネタの「ずいぶんと」を意味する「いたく」と「痛く」をかけたダジャレだ。はじめは和歌をなぞって雅やかに桜を見上げていたが、最後に「首が痛いな～」と庶民的な滑稽で終わらせている。この宗因の軽口で、談林俳諧はそれまで連歌に興味のなかった層にも波及した。

しかし現代の近世文学研究では「今日の我々の目から見れば文芸とはいいがたい」（＊2）や「今日《こんにち》からすれば文芸的に未熟な」（＊3）などと評される。一方芭蕉が一般的に貞徳や宗因よりも知名度が高いのは、「今日」の「文芸」的とみなされたからだろうか？

そもそもここで言う「文芸」とはなんだろう。

芭蕉による引き算のテクニック

この俳諧の「文芸」的価値を考えるにあたって、前章で紹介した芭蕉の強迫症的なまでのリテイクがヒントのひとつになるかもしれない。実は芭蕉はこの談林派出身で、当時は桃青というペンネームで活動していた。「わび・さび」という美的感覚を表しているというかの有名な「古池や」の句だが、その初案は軽口の談林風だという指摘が多い。初案と今日残る句を並べて紹介する。

「古池や蛙飛ンだる水の音」（『庵桜』）

「古池や蛙飛《とび》こむ水の音」（『蛙合』『春の日』）

明らかに変わった点は「飛ンだる」から「飛こむ」だ。この「飛ンだる」の軽さが談林俳諧らしい。私は先に完成形を知っていたので牽強付会《けんきょうふかい》かもしれないけれど、前者は蛙が飛び込む「ポチャン」という音よりも「飛ンだる」というリズミカルな言葉のほうに意識が向いてしまう。芭蕉はこの談林風のテクニックを駆使した「飛ンだる」を引き算して、より「ポチャン」という音に意識が集まるようにシンプルな構成にしたことで、この句が評価されて自身の作風を確立した。

晩年の芭蕉は「高悟帰俗《こうごきぞく》」を説いた。私はこの言葉をきちんと理解できている自信がないのだが……つまり「高く悟り俗に帰るのが俳諧である」という禅思想に近いものだ。この「俗な世界のなかに雅がある」という不思議な風味を近世文学研究の領域では「俗中雅《ぞくちゅうが》」といった表現をするそうだが、ただ和歌のパロディや言語遊戯に興じるのではなく、俗中雅のような新たな感覚を生んだから「文芸」としての価値を見出

天下一言語遊戯会

――俳諧史とポピュラー音楽の意外な共通点

されたのだろう。そしてこの新たな感覚こそ、芭蕉のエポックメイキングなところだと私は感じる。

ところで、この「雅」すなわち伝統と「俗」すなわち新興の対立と融和は、現代音楽に置き換えてもそんなに乱暴なことではないと私は思っている。Ｊ-ＰＯＰというか、ジャズ、ロック、ポップ、ＥＤＭ、ヒップホップなどを含むポピュラー音楽は、伝統的なクラシック音楽に対するアンチテーゼといってもよいだろう。そのふたつでは音楽理論や用語がやや違う。和声と和音の考え方はもちろん、ポピュラー音楽にはクラシックと異なり「禁則」と呼ばれるものがない（厳密には「好ましくない」という扱いなので、あるっちゃあるし、ないっちゃない、といった感じ）。それはポピュラー音楽がクラシックのルールを破り、裾野を広げるように発展してきたからだ。

また反対に、何でもありであるポピュラー音楽は、対位法などのクラシック的手法を取り入れることもできる。これも俳諧との親和性が高い。芭蕉の弟子・各務支考《かがみしこう》による聞き書き『続五論』に「俳諧は高下の情をもらす事なし」とある。俳諧の範囲はどんな身分、どんな文化的階層があろうと関係ない、すべてが俳諧になりうるということだ。それは俳諧師の身分を問わない姿勢にもつながる。

職業作曲家にはクラシック畑からやってきたひともいれば、バンドマン、ＤＴＭｅｒ

（＊4）もいる。生まれや育ちは関係ない、というより、どんな出自も個性であり武器となるような、天下一武道会であることも俳諧と共通している。ＰＣやＤＴＭの際に使うソフトやアプリが普及し（＊5）、ＹｏｕＴｕｂｅにポピュラー音楽理論の解説動画が増えて、デジタルネイティヴ世代がぞくぞくと成人してゆく今日このごろ、特にその傾向が強くなっていると私は感じている。

俳諧の歴史を知ると前向きになれる

そして芭蕉が起こした変化と、現代ポピュラー音楽の状況とが似ているな～と私が感じる点はもうひとつある。一度の句会で巻いた句の数だ。貞門・談林時代では、百句つらねる「百韻」形式が基本だったのだが、芭蕉は三十六句（三十六歌仙にちなみ、この形式を「歌仙」と呼ぶ）まで短くなった。

その理由のひとつに、句のつなげ（付け）方や俳諧性が、芭蕉の登場でそれはもうめちゃくちゃに洗練されたことがある。余韻や行間を重んじるようになり、ただペダンティックに古典を引用したり、ダジャレに興じたりするのでは敵わなくなったのだ。ほかにも、俳諧が武士や僧侶などの有閑インテリ層だけでなく、いそがしく働く商人階級にも広がり、百韻も巻く時間がなくなったことも影響しているだろう。

〈3〉

天下一言語遊戯会
――俳諧史とポピュラー音楽の意外な共通点

尺が短くなる傾向は今現在のポップスにも見受けられる。二十年前は五分を超える楽曲はそんなに珍しいものではなかったが、最近はチャート上位にそんな長い曲が来るのはレアケースじゃないかと個人的には感じる。この原因は色々と推測されている。たとえばサブスクやストリーミングで曲を聴くのが若年層の主流になり、音楽の「数字」は円盤売上ではなく再生回数を指すようになったこと。一回聴いただけで満足されたら「数字」にならないので、ちょっと物足りなく感じさせるように、短くなったり楽曲に終止感を持たせなかったりしている。

またOPやED映像のために一コーラスが八十九秒で制作されるテレビアニメ主題歌も、フルコーラス作ると単純計算で二コーラスで一七八秒（約三分）、間奏やアウトロなどが入って長くても四分以内に収まりやすい。

……などと邪推されやすい（そういう側面も実際あると思う）けれど、何もそんな商業的な理由だけで、このような大きな変化が生まれるわけじゃないはずだ。これだけ情報や言葉が溢れている時代だからこそ、すべてを説明しきらない、シャープな余情が求められているのかもしれない。

こうして俳諧の歴史と照らし合わせてみると、まだまだ音楽業界に様々な変化が期待できるかもしれない。芭蕉の少し後には上島鬼貫《うえじまおにつら》が活躍し、時代が下れば与謝蕪村や小林一茶も有名だ。もちろんまったく同じ流れを繰り返すことはないだろうけれど、歴史を振り返るたびに、不思議と前向きな気分になる。

(＊1) 十三世紀にはすでに、雅な和歌的情緒のある連歌を「有心《うしん》連歌」、言語遊戯に興じた俗なそれを「無心連歌」と分けていたそうだ。「俗」な俳諧の連歌は貞門俳諧でいきなり成立したのではなく、中世から存在していた。

(＊2) 田中善信「談林俳諧における寓言論の発生について」(『国文学研究』49、P．65－73、早稲田大学国文学会、一九七三)

(＊3) 中村幸彦(『中村幸彦著述集』第九巻 P．168) ただし中村は同書で「談林俳諧は(中略)滑稽の文学である。滑稽文学は、明治以後現代まで軽視する傾向が続いている。(中略)柳田国男翁のいわゆる不幸なる芸術にさせたくないものである」と続けているように、談林派軽視の論壇に対し懐疑的であった。

(＊4) PCを使って楽曲制作をすることをDTM(デスクトップミュージック)と呼ぶ。DTMerはそれをするひとたちの通称。

(＊5) iPhone等をはじめとしたApple社製品には「GarageBand」という簡易的な音楽制作ソフトが標準搭載されている。また、より自由度の高い「Logic Pro」というソフトも、iMacやMacBookシリーズ購入時に他社製品よりも比較的安価で同時購入することができ、時代が下るほど音楽制作を始めるハードルが下がっている。

4

江戸時代漫画事情

――『大悲千禄本』にみる黄表紙とその出版規制まで

小説が読めなかった幼少期

今でこそ私は幸運なことにこうしてフィクションを読み、そして書くことも仕事のひとつになっているが、子供の頃から読書が好きだったかというと、そういうわけではなかった。小学校高学年くらいまでまともに小説が読めず、文字を追う目が滑ってしまっていた。当時『ハリー・ポッター』や『ダレン・シャン』、児童向けの『南総里見八犬伝』が流行していて、同級生達が図書館の本を争奪し合っている一方で、私は絵本、図鑑、地図帳、そして漫画ばかり読んでいた。「文字がぎちぎちに詰まった本を

4

江戸時代漫画事情
──『大悲千禄本』にみる黄表紙とその出版規制まで

開くだけで眠くなる」という人の気持ちも、なんとなくわかる。

小説のような文字だけの本を読めるようになったのは中学以降だ。理由はいくつかあるが、中学からお小遣い制になったことが大きい。一冊あたりの物語の進行度が比較的遅い漫画では、すぐに金欠になってしまった。ひじょうに下品な発想だけど、一冊あたりの物語の情報量で比較すると、漫画よりも小説の方がタイパが悪くコスパがいい。そう思って近所の古書店に行って本を手に取ると、不思議とするする読むことができた。もしかしたら、漫画でセリフやストーリーを追うことに自然と慣れていったのかもしれない。いきなり活字本を読むことはできなかったが、漫画から小説への移行が私に向いていたのだと思う。

江戸時代の漫画的存在？

ところで、漫画と小説、このふたつの違いは何か。十中八九、絵と文章、どちらが優位にあるかがその線引きのはずだ。小説はもちろん文章が主体で、漫画は少し迷うところだが、やはり絵がその主体だと私は思う。

江戸時代、絵と文章からなる本がいくつか存在し、それらを「草双紙《くさぞうし》」と呼んだ。それらは現代に比べればゆるやかであるものの、取り扱う作品も子ども向けや大人向けに分かれ、今で言うところの対象年齢をメディアによって分けるレイティングのような機能もあった。

子ども向けの絵本は「赤本」と呼ばれ、主に昔話や、御伽草子などの説話、歌、生活の手引きなど、教化目的の題材が収録されていた。その後、各地の伝説、伝記、戦記、敵討、恋愛、歌舞伎など、赤本よりも大人向けの題材を取り扱った本も出版される。その表紙の色から「黒本」あるいは「青本」と呼ばれ、読者層にじわりと広がりを見せる。

ここまでは大学受験の問題集のような呼び名が並んだが、恋川春町《こいかわはるまち》作・画の『金々先生栄花夢《きんきんせんせいえいがのゆめ》』（一七七五・安永四年）という作品以降、青本の流れを汲む草双紙を「黄表紙」と呼ぶのが文学史的慣例だ。黄表紙は道徳教育目的のない、洒落と諧謔に富んだ作品が多い。また黄表紙と同時代には「洒落本」も人気だったが、こちらは前者よりも遊郭内の色恋話が主な題材になる。

千手観音の手をめぐる滑稽な群像模様

〈4〉

江戸時代漫画事情

――『大悲千禄本』にみる黄表紙とその出版規制まで

特に私が好きで、とても黄表紙らしい作品に芝全交《しばぜんこう》作・北尾政演《きたおまさのぶ》画の『大悲千禄本《だいひのせんろっぽん》』（一七八五年、「だいひのせんろくほん」とも読む）がある。ちなみに、絵を担当している北尾政演は山東京伝《さんとうきょうでん》（＊1）のことだ。不景気に喘ぐ時代に、面《つら》の皮屋千兵衛《かわやせんべえ》という投機的な商売人が千手観音にお願いして、その腕を切り落とし「手を貸す」商売を始める。タイトルの「大悲」はこの千手観音の慈悲を表し、大根の切り方の呼称「千六本」ともかけている。千手観音という聖なる存在の卑俗化と、その手を借りたひとたちの滑稽な群像模様が本作の特徴だ。

最初に借りに来たのは、戦で右腕を切り落とされた平忠度《たいらのただのり》。彼は早とちりして観音の左腕を借りてしまったせいで、歌を詠むにも鏡文字になってしまう。忠度が詠んだと考えられているものの、「さざなみや志賀の都はあれにしを昔ながらの山桜かな」という歌が詠み人知らずとして残されているのは、この鏡文字になってしまってかっこつかなかったから、とこの作品では史実にフィクションがこじつけられている。

同じように、伝説の通りに腕を切り落とされた茨木童子も腕を借りに店に来る。茨木童子は鬼――鬼の腕には毛が生えている――なので、つるつるの観音の腕に毛を生やそうとする。

他にも、文字が書けないひとがその手を借りてものを書こうとすると、どうしても

「てててて……」と書かれている
『大悲ノ千録本』、国立国会図書館デジタルコレクション

梵字しか書けなかったり、遊女に貸した手は、身体の一部を差し出したり傷つけたりする「心中立て」のために小指を切り落とされていたり、染め物師に貸した手は青く染まっていたり、ぬか漬け作業に使われていたり、どうやら性交にも使われていたり。商売や性的な「手腕」の有無など慣用句の言葉遊びをまじえ、当時の市井の生活模様もユーモアたっぷりに描かれる。

最後は坂上田村麻呂が観音の手を借りて（＊2）、鈴鹿の賊を退治しに征き「てててて……」と三味線のアウトロが鳴り、浄瑠璃の舞台のように物語が締められる。

また、黄表紙の特徴として「語源

説」というものがある。言葉や慣用句の語源に物語をこじつける笑いだ。『大悲千禄本』では忠度の読み人知らずの歌のほか、蠟燭の持ち歩きに使われる「手燭《てしょく》」という道具の語源説が炸裂。これによれば、千手観音の爪に火をともして蠟燭の代わりにしたのが由来とされているが、もちろん芝全交による嘘である。

体液頂戴物でない、純粋な娯楽

このように、黄表紙のエンタメは教養のある大人を対象に作られている。歴史や伝説の知識があり、語源説がでっちあげであることに気づけて、下ネタのほのめかしなどが理解できないと、この作品をおもしろく鑑賞できない。かといって衒学的な笑いでもなく、この時代に代表される「滑稽」という種類のおもしろさが特徴だ。老若男女身分を問わず、歴史上の人物も、何なら神も仏も鬼すらも、みんながみんなバカバカしい（現代の感覚からすると、文字が書けない人をギャグにすることにはぎょっとしてしまうが……）。

作品内に「読者の人生に影響を与えてやろう」といわんばかりのクソバイスもなければ、「泣かせてやろう」とか「性的に興奮させてやろう」とかいった体液頂戴物でもない。この滑稽は決して清廉ではないけれど、純粋だ。純粋な娯楽に私は憧れてしまう。

正直、私は黄表紙のあとに続く「合巻《ごうかん》」や「読本」といった種類の作品はあんまり得意じゃない。それらは敵討ちものや歌舞伎を題材にしたものが多く、ポップで娯楽的な物語は文化の傍流に追いやられてしまう。というのも、一七八七年から一七九三年までの寛政の改革の下、一七九〇年に、学問および思想、そして黄表紙を含む出版物の規制が行われたため、滑稽や諧謔、風刺作品は禁じられ、儒教的な忠孝を説く作品へ作家達は方向転換を余儀なくされた。黄表紙ブームを作った恋川春町は、この出版統制令の出る前年に幕府の召喚に応じないまま没した。他の有名作家を挙げると、山東京伝もこの改革で処罰された。

合巻は絵が主体で、読本は文章が主体という違いがあるものの、黄表紙以前よりも筋が複雑・長編化しているという特徴が共通する。黄表紙作家として処罰された京伝は、以降この合巻・読本作家としても活躍した。

ポンチ絵と小説の明治時代へ

明治時代になると、合巻のように絵主体の本は、社会風刺を描いた新聞漫画「ポンチ絵」へ、読本のように文章主体の本は西洋から輸入した「小説」へとゆるやかにその座を譲る。まぁしかし、黄表紙のように一度は規制された滑稽・諧謔が持ち味の絵本が、幕末・明治期にポンチ絵として復活し、それが今日の漫画の土台を築いたのは、なんだか感慨深い。その後の流れを見ても、漫画の歴史は表現規制との闘いの歴史でもあるだろう。

そういえば、小学生の頃にさすがにこのままではいけないと子ども向けに易しくした『南総里見八犬伝』に挑戦したが、一巻で挫折したのを覚えている。学生の頃、ドラマ、映画、歌舞伎、文楽と形式を変えて鑑賞しても、いまいち興味が湧かなかった敵討ち系だけど、大人になってから再チャレンジしたら、また読み方も変わるだろうか。

（＊1）江戸時代後期に活躍した戯作者、浮世絵師。黄表紙の代表作『江戸生艶気樺焼《えどうまれうわきのかばやき》』は、金持ちだが容姿に恵まれない男が、当世風なモテ男になろうと奮闘する物語。

（＊2）坂上田村麻呂は千手観音を本尊とした清水寺を建立。千手観音の加護で鈴鹿の賊を討伐したと言い伝えられている。

リメイク短編小説①

大《だい》好《すき》千《せん》禄《ろつ》本《ぼん》

——原作：芝全交『大悲千禄本』

千手観音ともいうべき仏も、不景気にはぜひもなし。面《つら》の皮屋《かわや》千兵衛《せんべえ》という怪しく厚かましい起業家がその千本の御手を損料貸しにするビジネスを思いつき、一本一両ずつ、合計千両を文字通りの手切れ金として観音様に支払い、その腕で事業を始めた。

店にはさまざまな理由でその腕が必要な者が訪れた。義手が必要な者はもちろん、手練手管のない遊女、また文字の書けない者は観音の手なら書けるのではと思いつき、それぞれ猫の手も借りたい気持ちでその店にやってくる。

三味線弾きアイドルグループに所属するお弓《ゆみ》もそのひとりだった。三味線を弾いたり曲を書いたりしたくて応募したそのグループだったが、事務所の方針が変わり、ライブや楽曲制作よりファンとの握手会の方がスケジュールの多くを占めるようになった。それでも日々三味線の練習を欠かさなかったお弓は、肉刺《まめ》で痛む手での握手に辟易していた。ファンから直接感想を聞けるのは嬉しい。でも手を休める時間がない。二つの思いの板挟みになって圧し潰されそうだった。

一ヶ月二両。薄給の彼女にとっては決して安くない代金だったが、このままだとこの仕事——音楽が嫌いになってしまいそうだった。二両でそれを防いだのだ、そう、これは音楽に集中するためだ、と自分を納得させながら、お弓は硬い千手観音の腕を抱えて店を後にした。

陶器のようにぴかぴかすべすべしているけれど、女の子にしては硬い手だなぁと思っていると、剝がしのスタッフが康成《やすなり》の肩を軽く叩いた。慌てて「初めて来ました新曲最高です応援しています！」息継ぎなしでお弓に伝える。お弓は「来てくれてありがとう」と微笑んで、スタッフに促されるままスペースを離れて行く康成を見つめた。康成は終始俯いていて、彼女のことを直視できなかった。

あ、あのグループの曲いいですよ、と、店の従業員の軽助《かるすけ》が営業回りの帰り道に路上ライブをしていたお弓たちを見て言った。軽い気持ちでそのライブを立ち見すると、なかなか好みの曲が多く、後日譜面を買い、曲のライナーノーツを知りたくて雑誌を読み、お弓の錦絵を買い……気づけばどっぷり彼女に夢中になっていた。まさか握手会なんて、巷では流行っていると聞いていたが自分が行くなんて思わなかった。

握った手の感触を反芻しながら、ふらふら漂うように店に帰り裏にある蔵を覗く。軽助がぬか床の様子を見ていた。

「若旦那、握手会どうでした？」

「よかったけど……緊張した。何にも話せなかった」

身寄りがなく、幼い頃から康成の家の漬物屋で育った軽助は、他の従業員より康成との距離が近い。跡継ぎとして商売の勉強ばかりをしていた康成に、軽助はたまにこうして息抜きの娯楽や流行を教えてきた。都会生まれ都会育ち、大商家ではなくても老舗の跡継ぎなのに、生真面目な康成は酒も賭博もやらず、女郎屋は得意先であって遊びに行く場ではない、と言って真昼にしか遊里には向かわない。そんな康成がひとりのアイドルに会って、針で突けばパンと弾けそうなほど思いで破裂しそうになって帰ってきた。軽助は吹き出さないようにつとめながら「あーわかります、やばいですよねぇ。目の前に仏様が降りてきた！　みたいな」と返すと「それだ……！」と、算術の難問を解いたような表情で康成が顔を上げた。

「もう……お弓のオーラがすごいんだよ。発光しているみたいで。いや、本当に光っていたんじゃないかな。まぶしくって目も合わせられなかったし、なんか、俺みたいな俗世の人間が、お弓のおててなんて触っていいの？　汚《けが》れちゃわない？　ってちょっと罪悪感だった」

「若旦那、それが『尊い』ってやつですよ」

ちかごろ町を歩くと、若い娘たちが歌舞伎役者の錦絵を眺めて「かわいい、かわいくて尊い！　大好き〜！」と言ってはしゃいでいるのをよく目にした。かわいいという感情は子供や小さいものなど、自分より力なき存在に思うもので、尊いは自分より上位である神仏のような存在に抱くものなのだから、そのふたつを結びつけるのは矛盾するのではないか、と康成は彼女たちの言葉をいぶかしく思っていた。今やそれがすとんと腑に落ちて全身に染み渡っている。若いお弓があんなに手が厚く硬くなるまで三味線に勤みながら、しがない漬物屋の若旦那の自分の前に顕現してくれるなんて。町娘のようにはしゃぐことはないものの、かわいいと尊いが同時にしずやかにこみ上げ、体中にそれらの言葉が漲った。

「そういえば、それ、新しい杓子か？」

「あ、これですか？」軽助は桶の中に突っ込んでいた杓子のようなものを引き抜いた。窓でも開けたように、店の中がぱっと明るくなり目が眩む。少し慣れた目を再び開けると、人の腕のようなそれが黄金色に光っていた。

「うわ、なんだそれ。気持ち悪い」

「おもしろい店を見つけたんですよ。手貸し屋っていうお店。試しに借りてみたんですけど、いいですよこれ！　手が荒れないから、いくらでもかき混ぜられます」

「ばかやろう、ちゃんと手前の手で仕事しろ！　ぬかってもんはさぁ、生きてんだよっ。呼吸してるんだ！　毎日毎日触って様子を見ないと味も変わっちまうだろ」

「まだ若いのに真面目腐ってさぁ。もっと遊んどかないとオヤジみたいになっちまいますよ」

「うるせえ、ぬかに手を抜く漬物屋なんてあるか！　さっさと返してこい」

「へえへえすんません……でも一ヶ月借りちまったんで、とりあえず店に置いといてもいいすか？」

「いいけど、代金は手前が払えよ。経費で落とさないからな」

悪びれるどころか「けち～」とふてくされながら、軽助は輝くそれを蔵の奥に立てかけた。黄金の腕は、誰かのために手を差し伸べているような形をしたまま輝いていた。昼八つ（十五時ごろ）の鐘が鳴り、康成は弾かれたようにきびきびと緩んだ着物の帯を直した。「おい、八つ時からの店番はお前だろう、行ってこい」

はーい、と軽助は黄金の腕を放って店先へ出てしまい、康成はため息をつきながら裏で井戸水を桶に張り、そこに例の輝く腕を浸してこびりついたぬかを落としてやっていると、その手が康成の手をぬるりと握ってきた、ような気がした。

桶の中に黄金の腕を落とした。桶の中に尖った波が立ち、割れた玻璃の破片のような水滴がびたりと康成の足元にかかった。手が動いたことにも驚いたが、その手の感触にどこか覚えがあった。もう一度その腕を取り出して、手を握り直した。

「お弓……？」


面の皮屋千兵衛という名は父親から聞いたことがあった。名というより悪名だ。借金を作ってはほとんど詐欺のような商売ばかりしているので、江戸の商人たちの間ではよく知られていた。やましさが人の形をして歩いているような千兵衛と関係があると思われないよう、康成はいちばん古い着物を着崩し編み笠を被った。あの輝く腕の光が漏れないよう何枚も布に包み、店先を訪れた。

お客さん、借りる？　と、手代の男が話しかけてくる。周囲を見回し、知り合いがいないことを確認してから店に入った。店には同じような腕がつるされており、どれも発光して見えた。

「おい、あ、あの腕はいったいなんの腕なんだ？　人間のものじゃないだろうな」

「お客さん、知らないの？　あれだよ」

顎で指された店の奥で、すべての腕をもがれた仏像はじっと突っ立ってこちらを見つめていた。何も思っていない、悲しくも、期待もしていない表情で。切り離された腕は常時光り輝いているが、そこにある本体はくすんでいて、店の仄暗い影に頭のてっぺんまで浸かっていた。

「あれは？」

「千手観音だよ。観音様も金がないからよ、うちの旦那に腕一本一両で売ったんだよ。ちゃんと耳を揃えて千両支払っているからな、恨みっこなし。大丈夫、お客さんに罰も当たらないよ」

押し黙っている康成を前に、手代は得意げに話を続ける。

「寺子屋で習っただろ？　お客さん。観音様って菩薩なんだよ。菩薩って、現世で苦しんでいる人間に、手を差し伸べてくれる仏様。こんな不景気でみんな猫の手も借りたい、それならば観音様の手も貸しましょうっていう、千兵衛の旦那の洒落だよ、洒落。そんな真面目な顔すんなよ」

おのれの表情を悟られないよう、康成は咄嗟に顔を伏せた。頬から耳にかけてが燃えるように熱く、心音が耳の鼓膜を内側から震わせて、頭が痛くなってくる。頭の中で時の鐘が鳴っているようなその苦しみは、目の前にいる手代には気づかれていないようだった。千兵衛に見つかる前に、抱えてきた観音の腕を手汗で落とさないよう、康成はそれをしかと抱えて店を出た。

歩みは拍動とともに店から遠のくほど加速していった。振り返っても千兵衛の店が見えないところまで来て、長屋の路地裏に入った。呼吸を整えながら包んだ布の中で輝く腕を触り、その手を握った。その手は康成の手を軽くくすぐってから握り返してきた。

あれから、もったいないのでこの黄金の手を自分の部屋の照明代わりに使っていたのだが、気づくとその手を手放せなくなり、どこへ行くにも、眠るのも一緒に過ごしていた。康成はぬか漬けや商品を作ることは楽しく取り組めたが接客は大の苦手、そして軽助にも若旦那として威厳を見せなければ、と誰にも弱音を漏らせず、黄金の手に向かって客の愚痴をこぼしていた。黄金の手は日に日に意思を持ったように、康成の言葉に応えるようになった。

お弓は千兵衛のところから同じ観音の腕を借りてきたのかもしれない。もしそれが本当ならば大変な怠慢だが、しかし、不思議と怒りは湧いてこない。今や自分の思考を占めているのはこの腕だ。輝くこの手を触ると、思い浮かべるのはお弓の顔ではなく、さっき見た千手観音像のそれだ。

「観音様だったのか、手前は」うん。「千兵衛のところに帰りたいか?」うーん……。「正直、俺は帰したくない」うん。「おかしいかもしれないけど、離したくない!」うん!

「もう一度店に行って、手前を買い取れるか訊いてくるから」

「すげえもん持ってるな。それ。いくらになるんだ?」

振り返るより先に何者かに鈍器で頭を殴られ、腕を強奪された。康成は千切れそうな意識を保ちながら、なんとか立ち上がって追い剝ぎの後を走った。痛みを忘れて追い剝ぎに飛びかかると、故意か偶然か、相手はすっころびながら輝く腕を高く放り投げた。宙を舞った手のひらと目が合うと、康成は松尾芭蕉のかの有名な句の蛙のように、追い剝ぎを踏んで高く飛び、弧を描きながら腕とともに川へ飛び込んだ。

後から痛みが熱を持って膨らんで、血が煙のように上へ上へと上ってゆく。その筋を辿ってゆくと、腕が水面に浮いていた。手を伸ばそうとするが体が重く、黄金の腕はいつものように手を伸ばし返してこない。

――観音様って菩薩なんだよ。菩薩って、現世で苦しんでいる人間に、手を差し伸べてくれる仏様。

だらんと力なく浮いている腕は、沈んで行くこちらを興味なさげにぼんやりと手を開いて見下ろしていた。さすがの観音様でも、死人のことまで救えない。

5

地獄の沙汰は人間次第

——井原西鶴『世間胸算用』にみる銭金事情

天は人の上に人を造らず、しかし……

二〇二四年に渋沢栄一《しぶさわえいいち》に改刷される予定だが、それまで日本で一番高額な紙幣である一万円札の顔といえば福澤諭吉《ふくざわゆきち》であった。福澤諭吉の『学問のすゝめ』は、江戸時代まで公的に存在した身分制度を否定した「天は人の上に人を造らず人の下に人を造らずと言えり」の一節が有名だが、その続きこそ同書の根幹だと思う。

されども今広くこの人間世界を見渡すに、かしこき人あり、おろかなる人あり、

5

地獄の沙汰は人間次第
——井原西鶴『世間胸算用』にみる銭金事情

貧しきもあり、富めるもあり、貴人もあり、下人《げにん》もありて、その有様雲と泥との相違あるに似たるは何ぞや。その次第甚だ明らかなり。実語教に、人学ばざれば智なし、智なき者は愚人なりとあり。されば賢人と愚人との別は、学ぶと学ばざるとに由《よ》って出来《いでく》るものなり。
（中略）人は生れながらにして貴賤貧富の別なし。ただ学問を勤めて物事をよく知る者は貴人となり富人となり、無学なる者は貧人となり下人となるなり。

ここで言う「学問」とは、文学作品や芸術に関する教養というよりも「実学」——現代でいえば、文字の読み書き、失礼のないメールの書き方、簿記、算盤などの計算、エクセル操作やプログラミング、資格などの実用スキルを指している（*1）。福澤が言いたかったことはつまり、「人間は元来平等であるが、スキルの有無によって経済面などのあらゆる格差が生まれる」ということだ。そしてよりよい「実学」習得のために、よりよい学校に進学する必要が生まれる。

このように「どんな身分でも、勉強し、学歴を手に入れ、いい職に就き、金を多く稼いでより出世しよう！」という上昇志向は、四民平等や資本主義を推し進めるだけでなく、西欧の列強に追いつけ追い越せという状態だった明治・大正期の日本では、広く肯定されたのだ。

さて、ここ近年、経済について暗い話題をよく目に耳にする。

特に経済格差はコロナ禍でより加速したが、その影響は子供の教育格差にもおよび、学歴は就職後の賃金にも響いてくるというデータまであるのだ（＊2）。高学歴・高収入の親のほうが潤沢な資金を子供の教育費に充てられ、その子供は英才教育を受け、名門大学を出て高収入の職に就き、学校や会社などコミュニティで価値観の合う友人や恋人と出会い、結婚し、子供が生まれるとまた同じように豊かな教育や機会を与え……といったように、経済と教育状況は結びついて連鎖しやすい、ということだ。蛍雪の功の物語は、もはや現代では通用しなくなりつつある。

もちろん、あくまでこれらは傾向にすぎない。並々ならぬ努力と運で、どんな時代でも道を切り拓いてゆける人もいるし、そんな連鎖は社会全体で止めなければならないと私は強く思う。しかし、お金が現代日本で身分制度に匹敵する階層を生んでいる現実は否定できない。

一万円札の顔が福澤諭吉になろうが渋沢栄一になろうが、一万円という価値そのものはどんな人にとっても一万円であることは変わらない。特権的な立場にいる人には一万円札が特別に三万円分に変わる、なんてことはないように、お金は本来公平なものであるはずだ。そのお金が、人の格差を生んでしまうなんて……。

地獄の沙汰は人間次第
──井原西鶴『世間胸算用』にみる銭金事情

お金をテーマにした江戸のフィクション

さて、封建社会であった近世江戸時代だが、鎌倉、室町、戦国時代などの中世に比べると、経済活動や金融業が大変盛んな時期でもあった。この時代の貨幣制度は「三貨制度」と呼ばれ、金（単位：両）・銀（匁《もんめ》）・銭（文）の三つの通貨が使用され、それぞれの為替が変動していた。主に東日本では金、西日本では銀が流通しており、広い地域で普段使いの貨幣として銭が使われていたものの、このように使用される通貨が統一されていなかったため、両替が発展・確立。それを担っていた両替商が金貸しをはじめた（ちなみに、この両替商が明治期に銀行となり、一部は現在のメガバンクの前身となった）。

そんな社会背景ゆえか、フィクションにおいてもお金や商売が主題の作品も少なくない。

お金を取り扱う物語で私が特に好きなのは、井原西鶴《いはらさいかく》の浮世草子『世間胸算用《せけんむねざんよう》』（一六九二・元禄五年）だ。「大晦日《おおつごもり》は一日千金」という副題がついているように、一年の総決算日である大晦日、人々がなんとか収支を合わせたりツケから逃げたり、心の内でそろばんを弾いて「胸算用」する様子を描いている。何よりこの作品は、いろんな身分や経済状況の人が登場するのが特徴である。

ただし、この作品は現代からすると性差別的に受け取れる表現が散見される。時代背景を踏まえれば当時は「不適切」ではなかったが、そういうものが苦手な方にはオススメしない。私は後世の感覚で昔の作品をジャッジし貶めることには反対だが、同時に「そんなの読みたくない」という感情も尊重したい。

西鶴はずる賢い夫妻をジト目で描く

そんな作品の風合いが最もわかりやすいのは、巻一の一「問屋《といや》の寛闊女《かんかつおんな》」だろうか。「寛闊」とは無駄遣いすることで、この「女」とは商人である主人公の妻を指している。妻がおしゃれにお金を湯水のように使って首の回らなくなった問屋の主人は、当時流行していた「振手形《ふりてがた》」を乱発し、債権者がなかなか現金を回収できないようにして、姑息になんとか大晦日を迎えるのだ。『新潮日本古典集成』の注釈では、このように手形を悪用して借金から逃れる方法が当時実際に横行していたことも指摘されている。

問屋の主人は妻を窘めることをしない。夫妻のあまりの蕩尽ぶりに、主人の死んだ父親が十二月二十九日の夢に現れて「商売仕返せ（商売を盛り返せ）」と忠告するのだが、主人は「後の世までも、欲が止《や》まぬ事ぞ（おやじは死んでも欲深いなぁ）」と笑って無視してしまう。

当時は女性の衣類や化粧道具などは家財としてみなされず、自己破産時の差押えの対象から外れていた。それを逆手に取って妻は財産を豪奢な着物に替えて、もし破産したら、夫妻はあつらえた着物を元手に商売を再開するのかも……という可能性も書かれている。西鶴はそんなずる賢く図太い夫妻のことを、まるでジト目で描いているのが特徴的だ。

現代でも資産を家族の名義にして差押さえを免れることはたまに耳にするけれど、元禄期からすでにその逃げ道はあったようだ。こういう、個人の資産という概念のない「家族（夫婦）」のあり方、私は好きじゃないな……。

「伊勢神宮ですら金儲けに苦しむ」

巻一の三「伊勢海老《いせえび》は春の栬《もみじ》」という話では、現代ではあまり見ることがない「蓬《ほう》萊《らい》」という正月飾りがモチーフとなって話が進む。「蓬萊」は三方に山草を敷き、米、柿、栗、榧《かや》、橙、昆布、熨斗、そして伊勢海老などを盛ったものだが、それを出さなかったからと咎められるルールはなく、経済的に余裕のない者は飾らないが、それらが揃っていればより縁起が良く、とにかく見栄えのいいものであった。裕福であるように見せたくて、伊勢海老の代わりに車海老を飾った人もいると本文で書かれている。

年末の大坂では、あまり必要のないものも無駄に買い込まれて何もかも品薄状態になる。飾り用の伊勢海老も足りず、値段が通常の三倍近くにまで釣り上げられてしまった。裕福でありながら吝嗇家のある亭主は、そんなもの必要ない、と言って蓬萊を用意していなかったが、世間体を気にした妻と息子が高騰した伊勢海老を買ってきてしまう。亭主は赤い絹布を使って伊勢海老を模した張子をうんと安く作らせて「正月飾りが終わっても子どものおもちゃに使える、これが知恵というものだ」とみなに説教する。

さらに亭主を上回るドケチの老母は、伊勢の国から下る中古の伊勢海老を、年末価格になる前の十二月中旬に安く買ってきていたのだ。そんな老母が「伊勢神宮ですら金儲けに苦しむ、まして人間などもっと苦労するのだからちゃんと節約しなさい」と神仏を世俗的に語る点もおもしろい。

一方、巻一の二「長刀《なぎなた》はむかしの鞘」では、貧民街にある長屋での大晦日が描写される。そこに住む人々はそもそも買い掛けによる負債や破産のリスクがなく、目先の現金さえあれば平和に年を越せるというものだ。西鶴はこの作品で、見栄のために身の丈に合わない金を使うな、ということを再三書いている。とはいっても決して貧乏を美化することもなく、そこに住まう人々の出自や現状の悲しさを包み隠さず描写している。

めでたい祝福ではないけれど

そして本作で私が最も好きな箇所は、巻五の四「長久の江戸棚《だな》」、本作の最後だ。ここでは全国から物も金も溢れるほど集まって賑やかな江戸の年末模様が語られるのだが、その最後はこう締められる。

> 金銀ほど世に辛労《しんろう》いたすものは、外になし。これほど世界に多きものなれども、小判一両もたずに、江戸にも年をとるものあり。（中略）なお常盤《ときわ》橋の朝日かげ、豊かに、静かに、万民の身に照りそい、くもらぬ春にあえり。

お金それ自体は溢れるほど存在しているはずなのに、人々にあまねく行き渡らず、こんな華やかな都市部の陰でお金を持たずに年を越す人がいるという、身も蓋もない現実。しかしそんな人間世界の格差など関係なく、江戸の常盤橋に降り注ぐ正月の朝日の美しさ。富める者にも貧しい者にも狡猾な者にも迂闊な者にも、津々浦々に等しく豊かな春が訪れる……物語の最後を何かしらめでたいフレーズで締めるのは当時の常套手段だが、この濃いコントラストに、私はめでたい祝福というよりもなんともいえない切なさを感じる。

「世の中お金じゃない」なんて綺麗事も、「お金がすべて」なんてさもしいこともここには書いていない。金持ち＝悪というナイーヴな思想もなく、無駄遣いの原因とされる虚栄心への指摘が目立つ。どんな人にも一円は一円であるように、お金そのものは公平であるが、それを扱う人間とその社会が不平等を生むのだ。そんなことを書きながら、スマホの投資信託アプリのしょっぱい成績に商品をガチホ（＊3）する手を震わせながら、ぐっと冷えた一月の朝を迎えた。

{ 5 }

地獄の沙汰は人間次第
――井原西鶴『世間胸算用』にみる銭金事情

（＊1）「学問とは、ただむつかしき字を知り、解し難き古文を読み、和歌を楽しみ、詩を作るなど、世上に実《じつ》のなき文学を言うにあらず（中略）専ら勤むべきは人間普通日用に近き実学なり。譬《たと》えば、いろは四十七文字を習い、手紙の文言《もんごん》、帳合《ちょうあい》の仕方、算盤《そろばん》の稽古、天秤《てんびん》の取扱い等」とある。

（＊2）厚生労働省『令和四年賃金構造基本統計調査』の一般労働者・学歴別統計では、全世代対象の調査で、男性の場合の賃金（令和四年六月分の所得内給与額）は高校卒業は二十九万七五〇〇円、大学卒業は三十九万二一〇〇円、大学院修了は四十六万四二〇〇円で、女性の場合、高校卒業は二十万二九〇〇千円、大学卒業は二十九万四千円、大学院修了は四十万四三〇〇円とあり、共に最終学歴が高いほど賃金が上がる傾向にあることがわかる。ただし、これは因果ではなく相関関係であることに注意。

（＊3）「ガチでホールド」の略で、金融商品や仮想通貨の長期保有を指す。

6

流行語ほんま草生い茂って山

――『金々先生栄花夢』の一部を超現代語訳してみた

ｗとワロタと草

以前、平成ポップカルチャーについて対談するという企画があり、その際にネットスラングと流行語について触れる場面があった。私が十代の頃、笑いを表現する時は文末に「ｗｗｗ」をいっぱいつけたり、「ｗ」が発音できない話し言葉では「ワロタ」と言ったりしたのだが、しばらくして書き言葉でも話し言葉でも「草」が使われるようになった（＊1）。

しかし令和ではもはや「草」というのも古い響きかもしれない。「笑い方すらわから

{6}

流行語ほんま草生い茂って山
──『金々先生栄花夢』の一部を超現代語訳してみた

ない電脳社会に声出してワロタ（真顔）」などと古《いにしえ》のオタク同士の痛いやりとりをしたが、対談原稿からは見事に削除されていた。やはりあまりにも痛すぎたのだろう。

『日本国語大辞典』によれば流行語とは「ある一時期に、多くの人々の間で興味をもって盛んに使用される単語や句」と説明されている。もちろん、この流行語というものは近現代に限ったものではなく、江戸時代にも存在していた。

たとえば辞書編集者の神永曉《かみながさとる》さんの著書『さらに悩ましい国語辞典』には、ふたつの江戸時代の流行語が紹介されている。現代の口語では「さむっ！」「うるさっ！」と形容詞の語幹のみを使った強調表現があるが、一八〇九〜一三年刊の『浮世風呂』という滑稽本には「ヲヲ、さむ」など、同様の用法は江戸後期には既に見られていたそうだ。さらに現代語の「ディスる」や「事故る」のように、名詞＋「する」の形も実は歴史がある。江戸中期から後期にかけて刊行された洒落本の中には「茶漬る《ちゃづ》」という表現が散見されるそうだ。ちなみにこれはそのまま「茶漬けを食べる」という意味である（＊2）。

この二語はどちらも略語だが、短縮されて聴いた感じが新鮮な言葉だけが流行語とみなされるわけではない。二〇一〇年代後半頃に使われていた「江戸川意味がわか乱歩」「了解道中膝栗毛」など、わざわざ言葉を長くする表現もある。この時の江戸川乱歩や「道中膝栗毛」は、ただおもしろい語感のために持ち出されていて、「意味がわからない」ことや「了解」という感情に、新たな意味を足すものではない。

日本語は母音がべったりこびりついた言語で、英語のようにリズミカルじゃない……なんて話を、作詞家やアーティスト達の間で語り合う時がある。実際、細かいメロディに日本語の歌詞を書くのはかなり違和感があって、英語や韓国語の歌のような跳ねた感じを作るのはなかなか難しい。それでも、日本語はべったりした言語でありながら、意味を超越した語感重視のスラングもこのように生まれていたのだ。

「〜山」という流行語

そんなふうに語感を優先したスラングは江戸時代にも存在した。たとえば一七七五（安永四）年、恋川春町作・画『金々先生栄花夢《きんきんせんせいえいがのゆめ》』（＊3）にそれが登場する。第四章でも軽く触れたが、本作は現代の漫画のように絵と文字を使った大人向けの草双子「黄表紙」というジャンルの嚆矢《こうし》となった作品だ。田舎出身の金村屋《かなむらや》金兵衛《きんべえ》は、目黒不動尊名物のあわもちが出来上がるのを待つ間のうた寝の夢の中で、金持ちの家の養子となり「金々先生」と呼ばれ栄華を極める。しかし、何もかもがつかの間。派手に遊びすぎて勘当されてしまったところで目が覚める。人生は一炊（一睡）の夢のようだ、というオチだ。
タイトルの「金々」がそもそも当時の流行語で、当世風（当時の「今どき」といった意味）の身なりでイケているさまを指す。このように本作はこの「当世風」というのがキーワードになっている。恋川春町によって描かれた絵では、都会的な服装や身のこなし、そして文章では流行語や遊里での遊び方などが、冴えない田舎者の金兵衛の憧れとして描写されている。
本作には「〜山」という流行語が何度か登場する。たとえば、金兵衛が目黒不動尊のあわもち屋に入るシーンだ。

（金兵衛）「なんでも江戸へ出《い》で、番頭株《ばんとうかぶ》とこぎつけ、そろばんの玉はずれを、しこため山と出かけて、おごりをきわめましょう。」

超現代語訳：
（金兵衛）「ぜひとも、江戸に出てきて、番頭というような地位にまでこぎつけ、帳面に記されていないような役得の儲けをこれからしこたま貯め散らかして、贅沢しまくってブリ突き上げるよ〜！」

この「しこため山」は「しこたま貯める」を縮めた「しこため」に、当時流行していた「山」という接尾語がついた表現だ。また「と出かけて」は「〜山」のあとに続きやすく、ある行動を起こそうとする、勢いのあるニュアンスを足す表現だ。現代語では「〜し散らかす」が、最も近い勢いがある言葉だろう。上記のように超現代語訳してみた。

「ありがた山のとんびからす」

これだけではない。栄華を極める金兵衛（金々先生）は遊郭に通い詰め、ある節分の日に「もう豆まきは古い」と人からそそのかされ、豆の代わりに金銀を振り撒く場面も紹介したい。言わば、近世のお金配りおじさんだ。


（金々先生）「ふくは内、おにはそと。おにはそと。」

（五市）「これはありがた山のとんびからす。これをもって検校《けんぎょう》になり山と出かけよう。」

（万八）「これはきびしい。さつまやの源五兵衛《え》ときて居る。とんと梅が枝《え》もどき。

ありがありが」

超現代語訳：

6

流行語ほんま草生い茂って山
──『金々先生栄花夢』の一部を超現代語訳してみた

（金々先生）「福は内、鬼は外、鬼は外」
（五市）「えーすごいありがたすぎる。まじで神。このお金で出世するぞ〜」
（万八）「や、えぐいて。源五兵衛みたいで好き。こんなん俺まんま梅が枝やん。はーありがてぇありがてぇ（手を合わせる絵文字）」

このシーンは特に流行語が連発されている。五市《ぐいち》は座頭（頭を剃った視覚障害者で、琵琶や三味線を弾いたり、あんまなどを生業にした人たちのこと）であり、「検校」というのは、江戸時代まで存在した男性視覚障害者の互助組織である当道座における最高の官位だった。この時代になると官金という上納金を払えばそれになれたとも言われている。ここでは、座頭の五市は金々先生が撒いているお金を積んで、最高の官位である検校に上りつめようとちゃっかり出世をもくろんでいるのだ。

彼が言う「ありがた山のとんびからす」は先述の「〜山」を使った上で、「とんびからす」を語感のために追加。「江戸川意味がわか乱歩」と同様のノリだろう。現代の若者言葉では「すごく」が「すごい」と形容詞化するので、あえてそう訳してみた。そして先に触れた「〜山と出かける」が同じ使い方で再登場。よほど当時流行っていた表現なのだろう。

そして、幇間《ほうかん》（遊郭で客の機嫌を取って場を盛り上げる仕事）の万八が言う「きびしい」は、「たいしたことだ」というようなポジティヴな意味で使用されている。このようにネガティヴな言葉が文脈によってポジティヴに転化することも若者言葉には多い。今回は予想を超えているさまを表現する若者言葉「えぐい」を使い、より口語的にしてみた。

源五兵衛はにわか金持ちの意味として使われており、その後に続く梅が枝は浄瑠璃「ひらかな盛衰記」に登場する遊女で、彼女のもとに二階から小判がばらばら落ちてくるシーンがある。そのようすと自分たちを重ねているのだ。「ありがありが」と語感を繰り返す表現は、本作では他にも「おそろおそろ」と使われている。先に触れた、神永さんが指摘した語幹のみの強調表現の発展形だろうか。

文学作品への興味はもっと気楽でいい

塾講師バイトをしていた院生時代のある日、偶然ツイッターで「いとあはれなり」は「まじエモい」と近いのではないか、というツイートを読んだ。それがとてもおもしろかったので、後日古文の授業でそれを生徒に伝えてみると、生徒が「なんだ、そんな軽くてもいいんだ……」と、どこか安心したように返事をしたのを覚えている。さすがに学校のテストでそう答えると減点されてしまうが、文学作品への興味や理解と

〈6〉

流行語ほんま草生い茂って山

――『金々先生栄花夢』の一部を超現代語訳してみた

いうのは、こんなふうにもっと気楽なものでいいんじゃないかな。

（＊1）「ｗｗｗ」がまるで草が生い茂っているように見えることから、「笑う」を「草生える」や単純に「草」と表現するようになった。

（＊2）ちなみにこの名詞＋「する」の形の流行語・若者言葉は明治時代にも見られ、竹内洋『学歴貴族の栄光と挫折』によれば、旧制高校生は留年することを「ドッペる」と表現していたそうだ。語源はドイツ語のｄｏｐｐｅｌｔ（二倍の）＋「する」。

（＊3）本作は謡曲『邯鄲』や『辰巳之園』を引き合いに出した表現が多い。また、同じ恋川春町は本作の前に『当世風《とうせいふう》俗通《ぞくつう》』（金錦佐恵流《きんきんさえる》作、一七七三年刊）の画を担当していたとされる。この『当世風俗通』は、若者に遊里にくりだす際のファッションを紹介する内容であった。今でいう雑誌やファッション系インスタまとめ記事のようなものと言えるだろう。

7

復讐と恋と少年少女

──『敵討義女英』にみる「敵討」と女性表象

〈報復〉が許されていた時代

「目には目を、歯には歯を」とは、紀元前十八世紀の古代バビロニアで作られたハンムラビ法典に記された、復讐に関する有名な法律だ。ひじょうに誤解されやすいが、これは決して復讐を促す言葉ではなく「目を潰された場合、やり返していいのは同じ目だけ」と報復を同程度に制限する法である。

この法律が存在した裏には、被害者が加害者に過度な報復をし、遺恨の絶えない例が複数あったと解釈してもよいはずだ。その後、キリスト教は罪人には神が罰を与え

7

復讐と恋と少年少女
――『敵討義女英』にみる「敵討」と女性表象

るものとし、人間による復讐を禁じた。そして近代法は犯罪には法によって定められた罰を下すものとして、こちらも復讐や私刑は認められていない。

一方、江戸時代までの日本では、藩に届出をして幕府に認められれば「敵討《かたきうち》」と呼ばれる報復が公に許可されていた。むしろ武家社会において敵討は一族の面目を保つ美徳として推奨され、また、それを題材にしたフィクションも多く執筆された。平成一桁生まれの私は観る機会がほとんどなかったのだが、少し前まで『忠臣蔵』を取り扱ったドラマは、テレビ業界では一大プロジェクトであり人気コンテンツであったという言説を目にしたことがある（＊1）。『忠臣蔵』のドラマが放送されなくなっても、たとえば『半沢直樹』のように、権力者や年長者に「報復」する物語の人気は根強い。復讐は現実でもフィクションでも、人間の理性の蓋を外し身も心も強く揺さぶる。

今回はこの復讐――敵討の作品の中でも『敵討義女英《かたきうちぎじょのはなぶさ》』という、一風変わったストーリーの黄表紙を紹介したい。

シリアスな黄表紙『敵討義女英』

『敵討義女英』（一七九五・寛政七年）は、南杣笑《なんせんしょう》楚満人《そまひと》作、歌川豊国《うたがわとよくに》画で、この作品は楚満人の出世作となった。本作は寛政の改革の一環として一七九〇年に出された出版統制令で、黄表紙などの戯作（娯楽小説のこと）が厳しい表現規制を受けたあとに出版され、のちの文化期になってヒットしたとされている（＊2）。それまでの黄表紙の滑稽なイメージとは打って変わってシリアスな敵討の物語だ。上、中、下巻の三巻で構成されている。以下、少し長くなるが、物語の筋を説明したい。

上巻では、湯治の旅先で仲良くなった武士の桂《かつら》新左エ門《しんざえもん》と舟木《ふなぎ》逸平《いっぺい》の登場から始まる。新左エ門の長男‥浅太郎《あさたろう》と、逸平の息子‥茂之介《しげのすけ》の間にトラブルが起こり、息子たちは親の目を盗み決闘をする。その結果、浅太郎が負けて死亡し、彼の亡骸を見つけた父の新左エ門は、その傷はとても子どもの仕業には見えず、逸平が自分の息子を殺したのだろうと思い込み、敵とみなす。

中巻では、茂之介も決闘で負った怪我の後遺症で死んでしまい、さらに浅太郎の父‥新左エ門もかねてからの病で床に臥した。新左エ門は次男の岩次郎に、逸平を殺して

{ 7 }

復讐と恋と少年少女

――『敵討義女英』にみる「敵討」と女性表象

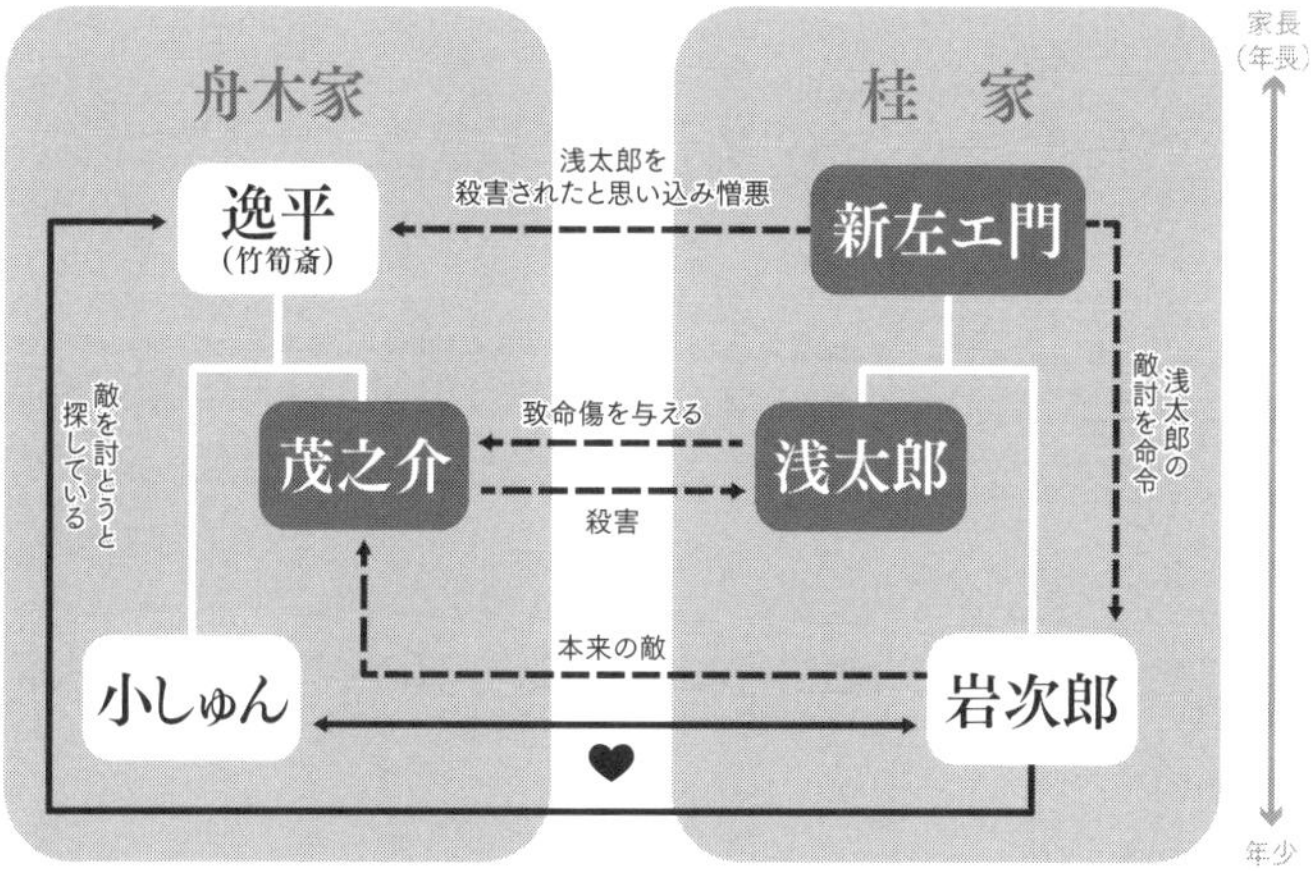

『敵討義女英』の主要登場人物の相関図

兄の敵を討つように伝えてから死んでしまう。岩次郎は十六歳になると、それに従い敵を討とうと逸平が住む下総の国（現在の千葉県北部）に向かう。その道中、岩次郎は一音という僧侶の助けを借りて彼の庵に住む。十七歳になった春、岩次郎と歳の近い、竹筍《ちくじゅん》斎《さい》というひとの美しい娘・小しゅんと出逢う。

下巻では、岩次郎は小しゅんに自身に託された敵討のことを打ち明け、「この戦いが終わったら結婚しよう」と、現代の我々からすると死亡フラグとしか言いようがない約束を交わす。しかし、それを聞いた小しゅんは内心大変動揺していた。小しゅんは敵である逸平の娘、つまり茂之介の妹であった（逸平は竹筍斎と改名していた）。板挟みになった小しゅんは、自分が父の身代わりとなることを決意し、その旨の書き置きを残して岩次郎に首を斬られる。敵を討ったと思った岩次郎だが、取った首を見れば小しゅんであることに気づき、深く嘆く。岩次郎は逸平に、小しゅんの敵として殺されようと申し出たが、逸平は彼を宥《なだ》めて因縁を終わらせ、彼を養子として迎え入れる。やがて岩次郎は後を継いで舟木家を栄えさせた、という物語だ。

前章で紹介した『金々先生栄花夢』よりも筋や人間関係が複雑だ。途中、岩次郎に宿泊する場を提供する一音という僧侶には過去に子を失ったことで出家したという設定があり、一音＝逸平か？　と思わせるミスリードもある。また黄表紙としてのユーモアは、上巻で失踪した浅太郎を探す下人の台詞部分にしかない。

「敵討」はただの「復讐」ではない

この物語の重要なポイントは二つある。まず、敵討の発端となる浅太郎と茂之介がともに作品序盤で亡くなっており、父の新左エ門はこの敵を直接関係のない逸平に転嫁した上で死んでしまうこと。次に、逸平の娘とはいえ、なぜか直接関係のない小し

7

復讐と恋と少年少女
──『敵討義女英』にみる「敵討」と女性表象

ゆんが自ら身代わりになることを選んでしまうことだ。

まず一つ目について。板坂則子《いたさかのりこ》さんという近世文芸の研究者は、この当事者不在の状況で「敵討は成就することがない」と指摘している。事実として浅太郎を殺した茂之介も死んでしまったので、板坂さんの指摘はもっともだ。ただ、本作では岩次郎が父・新左エ門から敵討を背負わされたことに対して、岩次郎がなんの疑問も抱かず、地の文でもそれに対する第三者視点のツッコミが入らない。現代人にとっては破綻した復讐でも、当時の道理に適っていたのかもしれない。

では、そもそも「敵討」とはなんだろうか。先述の幕府が認めた復讐を踏まえ、改めて『角川古語大辞典』で調べてみると、こうある。

「目上の者が殺されたとき、臣下や目下の者が、その恨みを晴らすために相手を殺すこと」

「近世では目下の者、縁者、傍輩などのための報復は『敵討』とは呼ばない」

この通りであれば、敵討をただの「復讐」と捉えるとその本質を見誤ってしまうだろう。冒頭で、私は『忠臣蔵』が廃れても未だに復讐ものは人気だということを書いたが、報復の構図が違うのだ。現代のそれは弱者から強者へのルサンチマンも含まれるのに対し、敵討は儒教の影響を受けた封建社会特有の主従関係や、家父長制（＊3）のもとに成立していることがわかる。茂之介の仕業であるにもかかわらず、新左エ門の憶測で芝之介の父・逸平が浅太郎の敵に設定されてしまい、また新左エ門が亡くなって弟の岩次郎に因縁が継承されるのも、この「目上」の者を殺された復讐という構図のためかもしれない。新左エ門が息子のために逸平を殺しては「敵討」にはならないのだ。

そして二つ目に、小しゅんが自ら犠牲になることだ。現代の個人主義的な感覚ではなかなか理解しがたいが、この流れには元ネタがある。『源平盛衰記』にある「鳥羽の恋塚」説話をなぞったものだ。この伝説では、渡辺渡《わたる》という夫のいる袈裟御前が、自分に恋するあまり脅迫してくる遠藤盛遠《もりとお》という男を宥めるため、夫の渡に変装して盛遠に斬首されるというものだ。

元ネタの「鳥羽の恋塚」も、小しゅんの成り行きも、私からするとただただ胸糞悪く、どこに感動するポイントがあるのかよくわからない。しかし本作のタイトルが「義女英」であるところから、この作品の肝は、小しゅんが父親への忠義と岩次郎への恋心の間で揺れて犠牲になることなのだろう。あらすじだけを追えば主人公は岩次郎だと読めるが、作品の主題は敵討の物語ではなく、小しゅんの悲恋にあるのだ。

女性読者のニーズに応えた

もともと敵討ものを書いていた楚満人だが、本作がヒットして以降、女性中心の敵討ものの黄表紙を多く書くようになった。先述の板坂さんは、当時『金々先生栄花夢』に代表される都会的な大人の男性の読み物であった黄表紙に、女性読者が水面下で増えていたことを指摘している。

また黄表紙以前の文学作品（主に仮名草子）に登場する女性の恋は、お姫様や遊女といった身分のものに限られており、普通の女の子の恋はほとんど描かれてこなかった。そんな状況で『敵討義女英』の小しゅんは、女性読者の多くの共感や同情を呼び起こしたのだ。西鶴も町娘の恋を描いてきたが、黄表紙としては楚満人の作品がその女性読者のニーズに応える形になった。

父と想い人の犠牲になるという小しゅんの顚末から、現代の女性読者にとっては不快感をおぼえる作品と評されるかもしれない。女性読者を意識して恋愛作品を多く書くようになった、という文学史的な流れも、今となっては「女性は恋愛ものが好き」

という偏見がその根底に横たわっていると思う。

とは言っても、それまで普通の女性がフィクションの恋愛にすら登場できなかったことを踏まえると、小しゅんは前近代の日本文学史の流れに一石を投じた女の子だった、といっても過言ではないだろう。強固なパターナリズムに翻弄された、江戸時代の少年少女の物語。読者はどんな感想を抱くのか、その時代を映す鏡になるかもしれない。

（＊1）春日太一「日テレもフジテレビも、『忠臣蔵』のドラマを作れなくなった『根本的な理由』」（二〇二一年十二月十四日、「マネー現代」）」。また、二〇一五年より、全国の義士親善友好都市交流会議はＮＨＫに対し、忠臣蔵の大河ドラマ制作、二〇二〇年の東京五輪を予定していた年に放送を希望する署名活動をしていた。（神戸新聞ＮＥＸＴ）

（＊2）楚満人について、曲亭馬琴は「文化に至りて、敵討《かたきうち》の臭草紙《くさぞうし》の流行により、時好に称《かな》いて折々にあたり作あり」と『近世物之本江戸作者部類』で評している。

（＊3）家を取りまとめる権限が男性である父親にあること。ただし、この場合の家父長制は近代日本のそれとは峻別する必要がある。封建社会とくらべ近代の家父長制とジェンダー規範は、当時の西洋的思想・規範を輸入し、義務教育や高等教育にそれを取り込み、家だけでなく国家を形成する柱のひとつとされていた。いずれにしても男尊女卑的制度であるものの、近代国家の概念の有無は明確にするべきだろう。これについては渡部周子氏が『〈少女〉像の誕生――近代日本における「少女」規範の形成』（新泉社、二〇〇七）で、明治期女子教育研究の視座から指摘されており、私もそれに準じている。

リメイク短編小説②

私の敵《かたき》の敵の敵

――原作：南杣笑楚満人『敵討義女英』

疾《と》く成長し、疾く強くなり、下総の舟木逸平《ふなぎいっぺい》という男を討つべし。

死んだ父親が今際《いまわ》の際《きわ》に岩次郎に遺した言葉だった。その舟木という男が、自分の兄の浅太郎《あさたろう》を殺したらしい。当時、岩次郎はまだ幼く、兄との思い出は少なく、かろうじて思い出せる兄の顔もぼんやりとしていたが、土のような顔色で脂汗をかきながらそう言った父の眼光が脳に痕が残りそうなほど焼き付いて、岩次郎はその言葉に背く気にはなれなかった。

父が死んでから岩次郎の生活は一変した。武士階級の家で、それまで豪奢でなくとも駿河の領地でのんびりと農業をして過ごしていたが、当主の死亡であっというまに領地を没収され、母と二人きりで貧しい暮らしをおくる羽目になった。父の命令通りに敵討《かたきう》ちを果たせば武家としての名誉挽回をお上に評価され、領地を返還されるかもしれない。家長や目上の者の復讐をすることは、武士の誉れだ。遺された自分の役目は敵討ちにある。十六歳になったばかりの岩次郎は、痩せ細ってゆく母の背中を見ながらそう考えた。

母は岩次郎に敵討ちをしろとは言わないが、それを禁じることもない。領地を取り返す計画を相談しても、決まって母は「わからない」と繰り返しながら耳を塞いで問題から目を逸らす。そんな母のことが疎ましかった。あえて弱く無知であるように振る舞い、判断をこちらに委ねる。それでも、今やたった二人しかいない家族だから、見捨てることもできなかった。いい加減にこの生活をどうにかしようと思い、親戚のつてを頼って支援を募ってくる、と母に言い残して、岩次郎は下総を目指した。

もちろん宿を借りる金もなく、またその道中で冬を迎えそうだったため、岩次郎は一《いち》音《おん》という僧侶の庵室にしばらく世話になった。一音はちょうど岩次郎と同い年ほどの息子を失った過去もあり、岩次郎が家の事情を話すと、心から同情してよく気にかけてくれた。そして同時に、間違っても敵討ちなど考えるな、と折に触れて岩次郎に説いた。かなりしつこかったが、泊めてもらっている手前、岩次郎は「今時そんなの流行りませんよ」と微笑んで返していた。

春を迎えて数えで十七歳になった岩次郎は、近くの桜の名所を歩いていた。そこで歌の会を開いていた娘たちの中にいた、小しゅんという乙女と視線が合った。桜の花びらが散るより早く、岩次郎の家の没落よりも早く、若いふたりは加速をつけて恋に落ちた。岩次郎は夜な夜な一音の目を盗んで小しゅんの部屋に忍び込んでは、歌を詠み合ったり、たくさんおしゃべりをしたり、何も話さないで見つめ合うだけの時間を過ごした。小しゅんも幼い頃に母と兄を亡くしており、一人親の一人っ子どうし、話はいつまでもどこまでも弾んだ。

　どんなところが好きか、と訊かれたら全部好きだったが、岩次郎は特に小しゅんの聡明さを気に入っていた。彼女の歌は趣深く、一緒に歌を詠んでいる娘たちの中でもずばぬけてセンスがよかった。母のようになんでも「わからない」と言って逃げずに、いろんなことに興味を示し、いろんなことを話した。そのすべてに岩次郎は夢中だった。

　ある夜、岩次郎は布団の中で手を握り合いながら、小しゅんにプロポーズをした。小しゅんはこの世に咲くどんな桜よりもかわいらしく頬をほころばせた。その花が一気に咲く前に、でも、その前に果たさないといけないことがあって、と岩次郎は呟いた。

「俺、父上の遺言で、兄の敵討ちを命じられているんだ。敵は舟木逸平という男らしくて。本当はそいつを探しにここへ来たんだ」

　さっきまで溢れてしまいそうな笑みを表面張力で堪えていた小しゅんの顔が、かなしみと憂いで満たされた。岩次郎は慌てて父から伝え聞いた事の顛末を話した。昔、父と当時十五歳だった兄が湯治にでかけた先で、同じ武家出身で、下総から来たという舟木とその息子と知り合い、家族ぐるみの付き合いをしていた。ある日いきなり兄がとんでもない刀傷をこさえて帰ってきて、そのまま死んでしまったらしい。あんな凄まじい怪我を負わせられるのは父親のほうしかいない、と父はにらんでいたが、真相を確かめることもできず父も死んでしまった。

「だから、おまえに会えたということでもあるよ。ただ、先に敵討ちを果たしてからの結婚でもいい？」すっかり笑みのしぼんでしまった小しゅんの顔を覗き込んだ。

「どうして、その敵討ち、をしなきゃ結婚できないの？」

「そりゃだって、もう……」

もう、十七になった。元服するには充分どころか少し遅いくらいだ。早く成長するという父との約束を既に破ってしまったも同然だった。敵討ちをしなければ一人前の侍として母を助けることも小しゅんとの結婚も叶わないと、自然にそういった論理が岩次郎の体に染みこんで、生まれた時から通っている血のように全身を駆け巡っていた。血が繋ぎ目もなくこの体を流れているように、どこからその因果を話せばよいかわからず岩次郎が戸惑っていると先に、小しゅんが口を開いた。

「いや、あの、敵討ちは大事、本当に大事だけど……正直、その説明というか、理由、全然意味わからなくて……」

岩次郎はため息をついた。わからない。苦手な言葉だ。それから子供に言って聞かせるように口を開いた。「だからさ、おれに、父上と兄上がいたんだけど、そのふたりが湯治《とうじ》……わかる？　温泉に行ったときに、ある父子《おやこ》と出会ったんだけどね？　相手の父親が逸平って言うんだけど」「いや、その逸平、さん、湯治に行くような、体が悪かったから湯治に来ていたんでしょ？　その、あなたのお父さんを疑ってるわけじゃないんだけど、お兄さんを殺したの、本当に逸平さん、なの？」

「は？」

「あの、いくら大人とは言っても、体が弱っている人が元気な、十代の男子をそんなふうに殺せるものなの？　ちょっと話が飛んでるような気がして私、刀なんて握ったことなんてないからわからないんだけど」

また、わからないと言った。彼女に岩次郎は苛立ちながら、どこか納得したように脱力した。いや、納得というより、うっすらと抱きながら忘れようとしていた違和感を、改めて小しゅんが指摘したので、図星を突かれた気がした。それでも岩次郎は「でも、父上がそう言ったから……」としか返せなかった。その根本的な建前が崩れてしまえば、敵討ちが成立しない。そういうものだった。家の名誉も挽回できない武士など、武士ではない。

「岩次郎自身は本当に敵討ちがしたいの？」

「したいとかしたくないとかじゃなくて、しなきゃいけないいんだよ」

「でも、戦国時代じゃないんだから、お母さまのために生活を立て直す方法は他にもあるんじゃないいの？」

「わかってくれよ！　うちの話なんだ！」

強い言葉を投げつけられて、小しゅんは岩次郎の手を放して、彼に背を向けた。初めて彼女から拒絶されて、岩次郎は我に返った。ごめん……と岩次郎は彼女の後ろ姿に向かって子供のように呟く。月の光が照らす彼女の頬から肩にかけての輪郭に一瞬見とれていると、その線が揺れ、洟を啜る音がした。えっ、ご、ごめん、本当に、ごめん、と岩次郎は彼女の肩を摑むと、小しゅんは意地でも岩次郎に泣き顔を見せまいと背中を丸めて布団に顔をうずめてしまった。岩次郎はひと晩じゅう小しゅんにごめん、悪かった、泣かないで、と思いつくかぎりの謝罪の言葉をかけたが、彼女は顔を上げず、頑として返事をしなかった。

雀の鳴き声と共に目覚めると、枕元に小しゅんの字で書き置きがあった。

〈舟木逸平は父の友人で、偶然、今日うちに泊まりに来る予定です。彼はいつも東の部

屋で寝ています。ご武運を〉

昨晩彼女が少し動揺していたように見えたことに納得がいった岩次郎は、彼女の助けを無駄にしないよう、一音に隠れて入念に刀の手入れをしたり、柔軟体操をしたりしてその日を過ごした。花冷えして空気までも尖っているような春の真夜中、刀を携えて小しゅんの家に忍び込んだ岩次郎は、彼女の言う通り東の部屋ですやすやと眠っている男を見つけた。

「某《それがし》は汝が手にかかり世を去りし桂浅太郎の弟、岩次郎なるぞ。兄の敵、思い知れ」

囁くようにそう言うと、眠る男は夢うつつな様子でゆったりと瞼を開いた。男が振り落とされる刃に怯える間もなく、岩次郎はひと振りで彼の首を落とした。ごろりと天を仰いだ男の首と目が合う。岩次郎は今すぐ母や小しゅんに褒めてもらいたくって、屋根に上って男の首を月影にかざして見上げた。

「おい、何やっている」

足元から声が聞こえる。一音と、小しゅんが共にこちらを見上げていた。「ここ最近、おまえが夜な夜などこかに出かけているのは察していた！　今日はやけに何かに張り切って、刀なんて持ち出して行ったかと思えば！」と一音はしずかな湖に大きな石を落としたように、怒鳴り始めた。すると隣の小しゅんが「一音さま、やめてください。岩次郎の敵討ちなのです」と彼を窘《たしな》めた。一音はすぐに押し黙り、それからやるせなさそうに屋根の上の岩次郎を渾身の力で睨み上げた。

「どんなお題目を並べようと、敵討ちなどその実、殺人であることには変わりない。貴様、もう私の庵に二度と来てくれるなよ」

そう言い捨てて小しゅんの屋敷を後にする一音の背中を見送って、岩次郎は屋根から下りてきた。舟木の首を持ったままだと小しゅんがこちらを向いてくれないため、首を小桶に入れて、離れに置いてから彼女の元に行った。

「あんな山で独り暮らしはやっぱり寂しくて、俺にも出家してほしかったんだろ。あの生臭糞坊主、下心がバレていないと思っていたのか？　俺たちの未来ある結婚生活を老人介護で奪われてたまるかよ。な、小しゅん」

何か生命力を閉じ込める蓋が外れてしまったような爛々とした岩次郎の目に、小しゅんは慄いて身を竦めた。血に汚れた彼の体を清めた後、いつもの寝屋でふたりは一緒に布団に入ったものの、よほど興奮しているのか、岩次郎は布団の中でもしゃべるのをやめない。あの首をお上に持って行けば、俺の面目も施せるぞ。そうですか。兄上も父上も、きっと報われただろう。ええ。見たか？　ふつう、あんなふうにひと振りで首は落とせない。俺は今日この日のために、ずっと！　剣の稽古も怠らなかった！　……。この俺が、俺の手で。……。俺はやっと立派な侍に、一人前になれたぞ――なぁ、聞いているのか、小しゅん！

感極まった岩次郎は小しゅんを抱き寄せた。胸の中の小しゅんはか細い肩を震わせていた。「嬉しいな、嬉しくて震えちゃうな！　小しゅん！」岩次郎が彼女をさらに強く抱きしめると、腰の辺りに尖った激痛が走った。そしてそこから懐かしくなるほど温かい何かが溢れ出した。布団を捲ると布団が真っ赤に染まっている。血だ。

幸福な気分が痛みを塗りつぶし、かと思えば痛みが幸せを侵食する。抱きしめた腕が緩んで、布団に力なく横たわる岩次郎の耳元に、小しゅんの鈴のような声が転がった。

「私は汝が手にかかり世を去りし舟木逸平が娘、そして汝が兄の手にかかり世を去りし茂之介《しげのすけ》が妹、小しゅんなるぞ。私の父と兄の敵、思い知れ」

「こちらは私が持ちましょう」

そう言って、一音は大きいほうの小桶を軽々と持った。小しゅんは「ありがとう」と独りごつように言い、もうひとつの小桶を見つめた。中には岩次郎の首が入っていた。伏せたその目にはもう光は差さない。

「彼の言う通り、首を切り落とすのはとても大変でした。骨が硬くて、奉公の男に手伝ってもらいました」

俯いて独りごつ小しゅんに、一音は返す言葉を見つけられないままでいた。小しゅんは彼の戸惑いに気づいて、すみませんこんなこと言って、と謝ってから、岩次郎の血をきれいに拭き取った小刀を一音に差し出した。

「あなたの言う通り、敵討ちといえど、何の因果があろうと、殺人は殺人だと私も思います。せめて出家してこの罪科を償い、私でこの因縁を絶ちましょう」

小しゅんの出家とともに、この出来事は下総と駿河の藩主の耳にも届いた。岩次郎の敵討ちも認められ、今や母ひとりしかいない家に領地が戻った。やがて母は病で死に、一音が寿命を迎え、小しゅんも後に続き、母の領地は相続人がおらず再び没収されて、その土地はなんでもない荒野になり、耕され、大きな地震が起こると土砂が流れ込み、気の遠くなるほどの時が堆積し、家が建っては潰れ、アスファルトを敷かれ、今は駅前のロータリーの一部になっている。

8

アンドロギュノスと心中
——『比翼紋目黒色揚』と古代ギリシャ神話の、偶然

アンドロギュノスが異性愛者の原形?

「当時各人の姿は全然球状を呈して、背と脇腹とがその周囲にあった、それから四本の手とそれと同数の脚と、また円《まる》い頸の上にはまったく同じ形の顔を二つ持っていた」——これは古代ギリシャの哲学者プラトンの著書『饗宴』で語られる「人間の原形」についての記述だ。この「原形」である球体の人間には男、女、男女《おめ》の三種の性があり、特に男女は「両性具有《アンドロギュノス》」として知られている。今日では「アンドロギュノス(アンドロジナス)」というと男らしさや女らしさに区分できないジェンダー表現を指し、

アンドロギュノスと心中

――『比翌紋目黒色揚』と古代ギリシャ神話の、偶然

また「両性具有」というと現代ポップアートでは雌雄同体の表象をそう呼ぶが、古代ギリシャではこのように考えられていたのだ。

曰く、球体の人間たちは古代ギリシャの神々に果敢にも逆らう存在で、困ったゼウスをはじめとする神々は、球体の人間たちを二体に割いて弱体化させた。半身となった人間たちは、失ったかつての分身を求め、全能であった姿に戻るため恋愛をするようになったという。それゆえ、球体の人間における男と女は同性愛者、男女《おめ》は異性愛者の原形であると考えられていた。

このように、『饗宴』は知識人たちの演説と対話という体裁で、エロース（恋愛）について語ったものだ。古代ギリシャにおける恋愛は、本来の姿に戻るためのプロセスという意味を持った。この本来の姿とは、プラトン哲学におけるイデアと換言できるだろう。

江戸時代の文芸作品についての連載にもかかわらず、いきなり古代ギリシャのプラトン哲学を引用したのは、板坂則子さんの『江戸時代　恋愛事情　若衆の恋、町娘の恋』（朝日新聞出版、二〇一七）で紹介されたある作品の絵が、『饗宴』の「人間の原形」を想起させたからだ。

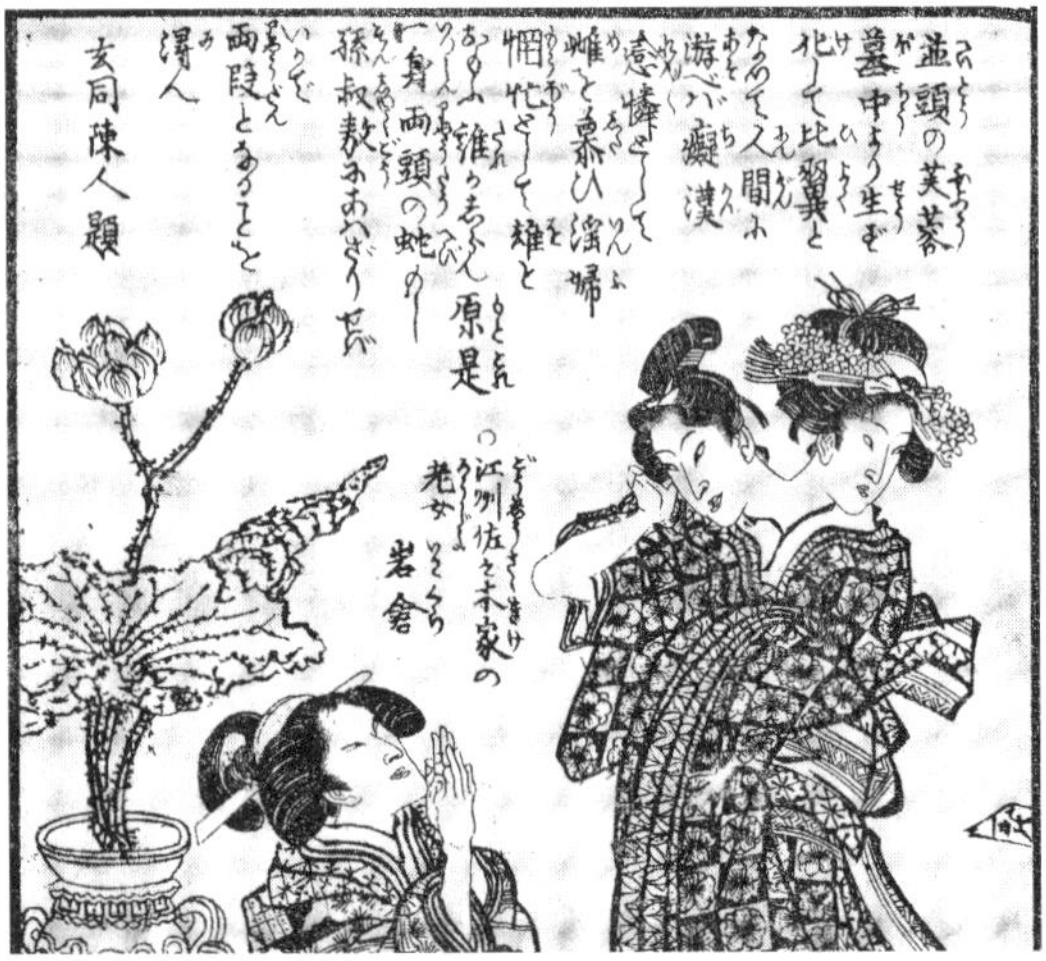

『比翌紋目黒色揚』、専修大学図書館蔵

アプリ「みを」を使って読む

その作品は曲亭馬琴《きょくていばきん》作、歌川豊国画の『比翌紋目黒色揚《ひよくもんめぐろのいろあげ》』（一八一五・文化十二年）という合巻らしい。これは気になる、さっそく本文を読んでみよう！　と調べるが、なんとこの作品は翻刻されていないのだ。江戸時代の文芸作品が好きと言っておきながら、恥ずかしながら私はくずし字や変体仮名を読むことができない。

そのため、今回は二〇二一年八月にＲＯＩＳ-ＤＳ人文学オープンデータ共同利用センターからリリースされた、ＡＩくずし字認識アプリ「みを（ｍｉｗｏ）」を使用し、適宜誤認識を修正しながら鑑賞した。

知りたい文字や文章部分をスマホのカメラで撮って読み込むと、緑色のゴシック体で認識した文字を表示してくれる。アプリ自体がリリースされて間もなく、まだまだ読み取り機能に向上の余地があるとは感じる。絵巻や黄表紙よりもボリュームのある合巻では認識結果の文字が重なり合って潰れてしまったり、読み込み自体ができなかったりした箇所もあった。そういった穴は『くずし字解読辞典　普及版』(児玉幸多編、東京堂出版、一九九三)を引きながら鑑賞した。

新しいアプリではあるものの、くずし字は判読できないが古典文学はいくつか齧ってみたことがある、といった私のような人間には、これがあるのとないのとでは心的ハードルが格段に下がる。最初から辞典を引きつつ、となったら、途中で投げ出していたに違いない。

ちなみに、この「みを」を開発したのはタイ国籍のカラーヌワット・タリンさんだそうだ。すごい、ありがたい……！　この場をお借りしてタリンさんに心より御礼申し上げます。

現代的で奇想に満ちている

あらすじ紹介の前に説明しておかなければならないのが、本作が「権八小紫物《ごんぱちこむらさきもの》」と呼ばれるものであることだ。平井権八（＊1）という鳥取藩士が、同藩士の本庄助太夫を殺害したのち、江戸吉原三浦屋の小紫という遊女と深い仲になるが、金に困窮し辻斬りや強盗を働いた罪で一六七九（延宝七）年に処刑される。愛人だった小紫はその後を追い、彼の墓前で自害したという実話だ。実際に、目黒不動尊にはふたりの比翼塚（＊2）が存在する。この話をモチーフとした歌舞伎や浄瑠璃などの演劇や文芸作品は多い。

本作はその後日譚。生前の小紫は権八との子を妊娠していたが、史実通りに墓前で自害。ふたりの比翼塚が有名になったころ、小紫に恋をしていた蛇使いの戸《と》九郎《ぐろう》がそれをおもしろく思わず、比翼塚を暴いた。すると小紫の遺体から双頭の赤子「紅白《さきわけ》」を見つける。紅白はその後、佐々木という武家の元で育てられるが、誤ってふたつの体に裂かれる。男性の紫三郎《むらさぶろう》はか弱くておとなしい性格に、女性の平井《ひらい》は腕っぷしが強く、気の荒い性格に育った。

紫三郎と平井は相思相愛だったが、佐々木家に仕える老女：岩倉が紫三郎に横恋慕

8

アンドロギュノスと心中

——『比翌紋目黒色揚』と古代ギリシャ神話の、偶然

し、彼を我が物にしようと策をめぐらす。それに怒った平井は岩倉を殺害。平井は追われた先で、夫の幡随院長《ばんずいいんちょう》兵衛《べえ》を亡くした女侠客《きょうかく》のお蝶の助けでなんとか生き延びる。紫三郎と平井はボタンを掛け違ったような運命に翻弄され、敵対する関係にまで発展するが、殺されそうになっていた紫三郎を平井が救出。それでもふたりは行き詰まる。ふたりは「きっと権八と小紫の因果のせいだろう、もう運命からは逃れられない」と思い詰め、比翼塚の前で刺し違えて心中する（ちなみに、当時は異性の双子は心中者の生まれ変わりだと考えられていたため、紫三郎と平井の恋は近親愛とはやや異なるニュアンスで受け取られていた）。

平井とお蝶——女性同士の熱い友情、そして平井が太刀を振り回して戦って美しくひわやかな紫三郎を助けたり、紫三郎が平井の膝の上で「いやじゃいやじゃ」と泣いたりする描写は、当時の儒教的ジェンダー観に鑑みれば非常に現代的で奇想に満ちている。

私はこれを読んでいて、紫三郎が『セーラームーン』の地場衛《ちばまもる》と『エヴァンゲリオン』の碇《いかり》シンジを合わせたようなキャラクターに見えた。まもちゃんはよく敵組織に掠われるし、旧劇・新劇に共通して、シンジくんは他のパイロットに比べいつまでもぐずぐずと狼狽えている様子が際立つ。まぁ、あの状況ならシンジくんのリアクショ

ンはむしろ当たり前なのだが……。
しかし、そんな変わった作品でもやはり最後は心中エンドだ。

どうして心中の話が多いのか？

心中、心中……本作に限らず、この時代の恋愛作品はとにかく心中の話が多い。そもそも心中とはなんだろうか。「あぁ、カップルが一緒に死ぬやつね」となんとなく知ってはいたものの、なぜわざわざ死ぬ必要があるのだろう？

「心中」について『角川古語大辞典』を引いてみると、三つの説明がある。

①「心の中」
②「①を表し見せることの意。色道において、真実に思う心のあることを何らかの方法で表すこと」
③「相対死《あいたいじに》。情死。自由を束縛されている女郎と、金か義理かに詰って、にっちもさっちも行かなくなった客とがすることが多い」

死にたいと思っていない相手や家族を巻き込む「無理心中」というものがあるが、③に記されているように、恋愛において「にっちもさっちも行かなくなった」状況が、心中の要なのだろう。自由を奪われた遊女と金策に詰まった愛人の男性は、生きて切迫した状況を打開するのではなく、一緒に死んで誠意を示すという方法を取る。

8

アンドロギュノスと心中

——『比翼紋目黒色揚』と古代ギリシャ神話の、偶然

恋愛のための心中か、報復のための自殺か

ちなみに、心中（情死）というものは日本に限った現象ではない。

たとえば十九世紀末のオーストリアでは、フランツ・ヨーゼフとエリーザベトの息子であるルドルフ皇太子が、マリーという娘と共にピストル自殺をした出来事がある。「マイヤーリンク事件」と呼ばれ、妻子のいたルドルフはマリーと不倫関係にあったとされていたため、当初はルドルフの死のみが報じられたが、マリーの存在が知られてからは情死としてゴシップ的に人々に知れ渡った。

ルドルフの「心中」についてさまざまな噂や説が流布し、さらに小説やミュージカル「うたかたの恋」や「エリザベート」のように、マイヤーリンク事件を題材にしたフィクションも存在する。その多くは末期状態にあるハプスブルク家の伝統や、社会制度への報復として物語られることが多く、じっさい、この事件がオーストリア・ハ

プスブルク家による君主制への信頼を揺るがしたとも言われている(＊3)。

また、近代化した日本でも当時報道された心中事件として、糸魚川《いとい》心中事件がある。一九一一(明治四十四)年に同じ高等女学校を卒業した女性二人が、新潟の糸魚川で入水心中したその事件は、当時の日本社会にショックを与えた。明治・大正期の女学生の間では「エス」という親密な擬似姉妹関係を結ぶ文化があり、それが同性愛へ発展することもあったのだが、当時の社会構造として女学生はあくまで結婚を猶予された存在であり、エスは学校卒業と男性との結婚によって解消されることが半ば前提として存在していた。この事件は、そんな当時の女性や同性愛者が置かれていた状況に対する絶望のあらわれでもあるだろう。

マイヤーリンク事件や糸魚川心中事件は、『角川古語大辞典』の②「真実に思う心のあることを何らかの方法で表す」だけに収まらないものだと私は思う。私は心理学の専門家でもなんでもないが、自殺や自傷の目的のひとつには、自分を傷つけてきた他者や社会にショックを与えようという報復もあると捉えている(言うまでもないが、自ら亡くなった方の全員が報復のために死を選んでいるわけではない)。マイヤーリンク事件や糸魚川事件の死は、それに近いように感じるのだ。それらは直接社会を変えることには至らなくても、じっさいに世論を動揺させることに成功している。

一方で『比翌紋目黒色揚』は、あくまで二人の「にっちもさっちも行かなくなった」理由が権八と小紫の因果で片付けられていて、たとえば小紫が遊女になるまでや、権八が金に困窮した経緯に言及することもない。あくまで個人間の恋愛による破綻で、社会に敷衍《ふえん》しないどころか目配せもない。恋愛による破綻か、恋愛関係にあるもの同士による社会への報復のための自殺か、現在の日本語にはその二つを峻別する言葉がなく、今のところ両方「心中」としか呼べない。私は、前者は従来通りの「心中」を使い、後者の心中のような情死には、新しい言葉が用意されるべきだと思う。

8

アンドロギュノスと心中
──『比翌紋目黒色揚』と古代ギリシャ神話の、偶然

また、報復という目的のない「心中」は、仏教的な輪廻転生の考えがそれを支えているとも私は思う。キリスト教、ユダヤ教、イスラム教には、死者が行く天国や地獄などの世界はあるものの、別の存在として生まれ変わる来世というものはない。もちろん、それらの信者でありながら生まれ変わりを信じる人もいると思うけれど、そういった死生観の違いも「心中」と「心中のような情死」にはあるかもしれない。現世に報復などしなくても、来世は幸せになれるかもしれないから。

前世からの因縁で発生した、現世の問題。今ここを変えるのではなく、来世に期待しよう。そういった感覚のもと心中が起こり、また、心中した後の物語が生まれる。カ

ップルの死から社会性が取り除かれ、胸を打つロマンスに純化されてゆく。権八小紫――紫三郎と平井の同体の姿である紅白は、プラトン的に言い換えるならふたりの「原形」で、だからこそ二人は惹かれ合い、そして二人は運命に従って心中する。「原形」からの運命に抗うための死ではないのだ。

両性具有についての仮説

『饗宴』に出てくる人間の原形だけではなく、古代ギリシャ神話には両性具有の神が複数登場し、ヒンドゥー教には右半身と左半身で異なる性を持つアルダナーリーシュヴァラ神が存在する。アステカ神話のトラルテクトリという地の神も両性とされている。ただし、その神々の姿は紅白と似ているとは言えない。

距離も時代も離れた古代ギリシャの『饗宴』の「人間の原形」と、江戸時代の『比翌紋目黒色揚』の紅白の姿に類似性があるのは、現世の原因が前世や神話の時代にあるという考え、つまり人間である「かつての私」や「現世以前の私」という似た感覚を、それぞれの文化が偶然持っていたからかもしれない。まぁ、ここで陰謀論やこじつけのように「日本人は古代ギリシャ人の末裔だ！」と主張するつもりはもちろんなく、これは本当にただの偶然な気がする。

そして、恋愛のためだろうと報復のためだろうと、みっともなくてもずうずうしく生きて愛するものと楽しく暮らすことが、現代でできる最強のロマンチックな復讐法だと私は思う。

なお言うまでもないが、両性具有神話の有無は文化的優劣をつけるものではないこと、現実の男女の双子にはなんの関係もない、フィクションや過去の迷信を踏まえた鑑賞であることを、念のため明記しておく。

（＊1）歌舞伎などのフィクションでは実名の「平井」ではなく、「白井権八」と呼ばれることが多い。確たる証拠や論文を見つけられなかったので、あくまで私の考察だが、平井権八が「白井権八」と名前を変えられているのは、フィクション上ではさまざまな脚色がされたキャラクターであるため、実在した人物との差別化を図っているのではないだろうか。また（源氏名とはいえ）小紫や幡随院長兵衛のように、実在したがさほど脚色されていない人物はそのまま実名でフィクションに登場している。本作の主人公はあくまで平井と紫三郎であり、権八は他作品ほどの強烈な脚色はされていないため「平井」姓で登場しているのかもしれない。

（＊2）比翼塚は心中したカップルや、仲の良い夫婦を共に葬った墓の総称である。

（＊3）ルドルフの死後、エリーザベトは死ぬまで喪服を纏い、また欧州各地を旅行するようになった。一八九八年にその旅行先のスイスでエリーザベトは暗殺され、夫フランツ・ヨーゼフ在位中の一九一四年にサラエボ事件が起こり、ハプスブルク家による支配は第一次世界大戦の敗戦とオーストリア＝ハンガリー二重帝国の崩壊（一九一八年）により終了する。エリーザベトの放浪などに市民の悪感情が募り、そこに第一次世界大戦と民主化の波が押し寄せてハプスブルク家は瓦解した。

9

湯の中の世の中（1）

——式亭三馬『浮世風呂』にみる他者との距離

男のサウナブームはマウンティング？

コロナ禍以前より、ここ数年はサウナブームで「ととのう」感覚の素晴らしさが説かれる機会も少なくない。以前、雑誌である男性歌手と対談した際、そのひとは男性を中心としたサウナブームについてこう解釈していた。

多くの男性は「お茶」をしない。その代わりにサウナだったり飲み会だったり、理性の箍《たが》が外れる状況でコミュニケーションをとろうとする。むしろ、発汗や酩酊で身体を追い込まないと腹を割って話すことができない。そう簡単に強くない自分をさらけ出せない「有害な男らしさ」で自縛している。さらに、サウナはひとりで楽しめるだけではなく、温度や湿度などの知識や、ととのう感覚をわかっているかどうかのマウンティングも可能だ。だからサウナはマスキュリンな男性にとって都合がいい場所なのかもしれない。そう語っていたのだ。

ひじょうに鋭い指摘だと私は膝を打った。そしてこれを前向きに捉え直せば、サウナは単なるリラクゼーションだけでなく、コミュニティ醸成の場でもあるとも言えるだろう。マウンティングはコミュニティがなければ、そもそも発生し得ないものだから。

定点カメラで銭湯の様子を実況

今回紹介するのは、式亭三馬《しきていさんば》の滑稽本『諢語《おどけばなし》浮世風呂《うきよぶろ》』（一八〇九・文化六〜一八一三・文化十年）だ。

本作は「前編」「二編」「三編」「四編」の構成である。最初からこの構成で書く予定ではなく、はじめは男湯のみを描写した前編を出版して評判もよかったものの、前編の版木（印刷するための板）が書店の火事で焼失し、読者からの要望で前編に書き足す形で女湯を題材とした二編を出版。書店が利益を求めて続編を三馬に打診し（＊1）、二編では書き漏れた女湯についての内容を三編として、さらに書店は初編だけになっていた男湯の話を書くように三馬にかなり強く求めて、四編が書かれた。三馬の創作欲が溢れてテクストが展開していったのではなく、火事というどうにもならない状況や、まるで現代の人気漫画の連載引き延ばしみたいな理由で長編化した作品だ。今回は男湯について書かれている前編と四編について紹介したい。

本作の特徴は「糞リアリズム」と称されるように（＊2）、銭湯に出入りするひとびとの会話が中心で、物語の筋やドラマチックなオチも乏しく、また「文学」として作品を貫くテーマも明確ではない。定点カメラで銭湯の様子をおもしろおかしく実況しているような娯楽作品、と評価されている。

寛政の改革で禁じられた混浴

この時代の銭湯は私たちが想像するそれとは少しだけ違う。手前に洗い場があり、「石榴口《ざくろぐち》」をくぐって湯船に入る構造だ。湯船に入る際は「田舎者でござい、冷物《ひえもの》でござい、御免《ごめん》なさい（田舎者なので江戸のマナーがわかっていなかったらごめんなさい、

{ 9 }

湯の中の世の中(1)

――式亭三馬『浮世風呂』にみる他者との距離

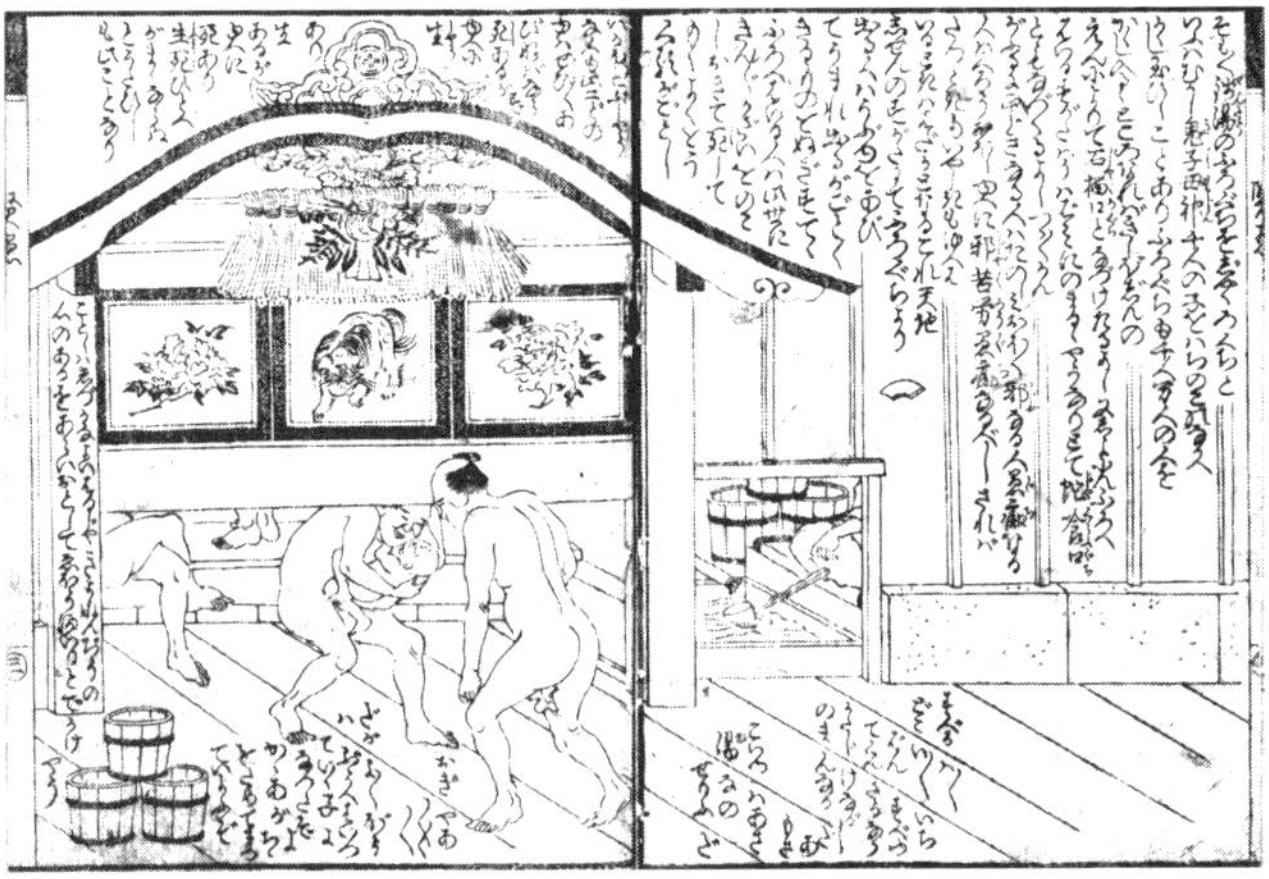

湯船に入るためにはこの石榴口をくぐる必要がある
『賢愚湊銭湯新話』、国立国会図書館デジタルコレクション

冷えた体が当たったらごめんなさい)」などと挨拶して出入りするのが銭湯マナーだったと、本作冒頭の「大意」に記されている。

また、公衆浴場を題材にしながら性的なイメージが極力排除されているのも特徴のひとつだ。「前編」の冒頭には『礼記』の「七年男女席を同じくせず、食を共にせず」をもじって「男女風呂《なんによふろ》を同《おな》じくせず夫婦別《ふうふべつ》あるをしれるや」とあるように、三馬が活躍した時代の江戸では銭湯は男女別で造られていた。それ以前は混浴が当たり前だったが、寛政の改革の一環で一七九一(寛政三)年風紀上の問題があるとして混浴を禁止され、その後天保の改革でも再び禁止された。

しかし、実態としては混浴は幕末まで続いていたとされている。実際に三馬が通っていた銭湯は法令を遵守していたのかもしれないし、規制対象にならないよう三馬が銭湯を男女別に描写した可能性も否定できない。ちなみに第四章と第七章でも触れたが、この寛政の改革は混浴の禁止だけでなく黄表紙をはじめとする出版検閲・規制も行っていた。


お上へお伺いを立てつつ、さらにこんな執筆背景もある。

三馬が三笑亭可楽《さんしょうていからく》の落語を聞いた時、一緒に聞いていた書店のスタッフから「柳巷《りゅうこう》花街《かがい》の事《こと》を省《はぶ》きて俗事《ぞくじ》のおかしみを増補《ぞうほ》せよ（遊郭や花柳界の色恋沙汰ではなく、世間一般のおかしみを取り扱った作品が足りない）」と依頼されたことが本作を書くきっかけだった、と本文に記されている。

この「おかしみを増補せよ」が妙にかっこいい台詞なのだが、寛政の改革によって、それまでかっこつかない人間の滑稽を題材にしてきた洒落本が、遊郭での真剣な色恋を描くようになり、笑える作品が激減してしまったのだ。この前提もあり、性も色恋も主題ではない、滑稽なリアリズムを徹底した作品となった。

{ 9 }

湯の中の世の中（1）

――式亭三馬『浮世風呂』にみる他者との距離

こんな執筆背景の通り、実際に文字を目で追ってみると、幼児語、老人、病の後遺症のあるひとの話し方、東北、関西、九州など各地の方言や、酔っ払いのろれつの回っていないセリフ……と、身分や年齢を問わず、さまざまな属性の人間の喋りが書かれる。

参考までに、前編の「朝湯《あさゆ》乃《の》光景《ありさま》」序盤を、原文を引用しつつ紹介したい。

早朝、おそらく遊郭帰りの二十二、三歳の男Aが銭湯に入ろうとしている。彼の前を歩く二十歳前後の男Bが唾を吐く拍子に、肩にかけた手拭いを落としたのをAが気づき、Bに教える。

A「べらぼい、手拭《てのごい》が落《おち》たイ。何《なによ》をうかうかしやアがると」

Aはそう笑いながらBに声をかけた。Bは下駄の歯でぐるりとまわって手ぬぐいをひろいあげて前に向き直ると、そこにいた犬にまた跪いた。

B「ちくしょうめ、気のきかねえ所《とこ》にうしやアがる」

踏まれて「キャン」と鳴いた犬にBが悪態をつくと、Aがこう笑った。

A「ナニてめえが気のきかねえくせに、ざまア見や」

B「そねむなイ、此野郎《このやらあ》」

と、こんな些細なきっかけで始まった口喧嘩がヒートアップし、勢いづいてAがBを突き飛ばすと、すでに銭湯の入り口にいたよいよい（当時、脳卒中の後遺症で言語障害や半身不随があるひとのことをこう呼んだ）のぶた七とぶつかってしまう。Bが立ち上がると、彼の持っていた手拭いに足跡がついている。

Ｂ「誰かモウ踏付《ふんづけ》た跡《あと》だ」
ぶた七「いい、今《いま》、今、おやふだ（おれがふんだ）」
Ａ「おめえ踏《ふん》だか。なんの踏《ふま》ずともな事だ。夫《それ》がほんとうのよけいだぜ」
ぶた七「よよよけでも踏《ふ》たかや（ら）、したたねねななた。ココ、下駄《げた》たたたってたたたたたらた」
Ａ「何をいうかねっからわからねえ。コウおめえの病気もこまったもんだぜ」

ＡとＢは典型的な江戸の若年男性だ。べらんめえ口調はもちろん、手拭いを「てのごい」と発音したり、「居る」や「来る」を卑しめて表現する「うせやがる」を、更にくだけた表現である「うしやアがる」と言ったりと、言葉遣いだけでふたりの属性がイメージできる。

9

湯の中の世の中（1）
――式亭三馬『浮世風呂』にみる他者との距離

そしてぶた七とふたりの関わり合いにも注目したい。引用の通り、ぶた七の吃音はこの前編や、同じ男湯を舞台にした四編でもやや誇張されて描かれている。前編で彼は足取りもおぼつかないのだが、自力で銭湯の出入り口の戸を開けて中に入ろうとしている。ＡとＢや番頭はそんな彼をハラハラしながら見守っていると、ぶた七は無茶して転んでしまう。彼を介抱しながら、Ａが「夫見《それ》さっし。いうくちの下《した》からころんだア（訳：それ見ろ。言ったとたんに転んだ）」と言い、ＡとＢが「アハハハハ」と軽く笑う場面がある。

私はこの笑いを当初どう受け取ればよいのかわからなかった。この現代社会で、吃音のひとに対して「何を言ってるのかまったくわかんねえ」なんて言えるだろうか？この一節、当時と現代の感覚が違うことを踏まえて鑑賞していても、私はちょっと反応に困ってしまった。

しかしその後、ぶた七が石榴口をくぐるとき、ＡとＢは彼が再び足を滑らせないかじっと見守っている場面が見られる。そもそもふたりとも一緒に銭湯に来た顔見知りではなく、この場に居合わせた赤の他人だ。冒頭から他者同士の関係の近さに私は驚いた。

「だる絡み」へのしっぺ返し？

ただ、当時は身体障害者をからかうことが「関係の近さ」を意味したのか、ということ、それも的外れであることが同じ前編の巻之下には書いてある。

巻之下の「午後《ひるすぎ》の光景《ありさま》」では、座頭のグループが銭湯で体を洗っているところに、酔っ払いが変な絡み方をする。今でいう「だる絡み」そのもので、彼の口からは差別的で非常に失礼な表現が続く。なぜ座頭達が視力を失ったのか、それとも生まれつきなのかと病歴まで訊き出したり、あろうことか彼らの使っていた手桶を隠したりする。

「これも当時は普通だったのか……？」と戸惑いながら読み進めると、まるでドリフのように、その酔っ払いの頭に偶然冷や水がぶっかけられる。怒った酔っ払いが立ち上がるが、軽石を踏み足を滑らせてすっ転び、何を間違えたか喧嘩の強そうな男に突っかかってしまい、一触即発。番頭が強面の男をどうにか宥め、酔っ払いは着物を着せられ銭湯の外に出されるが、そこにいた子ども達からも道理のわからないやつだと馬鹿にされる……というオチだ。

いくら当時の人間関係が密接であっても、何もかも許されるというわけではない。いわゆる「超えちゃいけないライン」は江戸時代からあり、それがわからない人間は無粋で失礼な者、という扱いだったのだろう。「田舎者です」「体が冷えています」と挨

{ 9 }

湯の中の世の中（1）
——式亭三馬『浮世風呂』にみる他者との距離

体を洗う座頭のグループ
『諢語浮世風呂』前編巻之上、国立国会図書館デジタルコレクション

拶した習慣を紹介した本作冒頭の「大意」には、それぞれが身分も年齢も脱ぎ去って同じ湯に浸かる銭湯だからこそ、そこには礼儀道徳が必要だと続けて書かれている。裸の付き合いこそ、他者を尊重すべきということだ。

そして滑稽本は子ども向けの教化作品ではないので、ここで「ひどいことを言ってはなりません」と説教することはしない。誰かがわかりやすく注意することもなく、酔っ払いはあくまで「道理のわからない人間」という意味の表現にとどまる。みなまで言わず、冷や水も軽石も強面の男も、ピタゴラスイッチのように偶然が酔っ払いを痛い目に遭わせるのが、本作のおもしろいところだ。勧善懲悪でありながら、滑稽も両立している。

描写や語りのおもしろさがウケた三馬作品は、その反面「文学」というより「娯楽」作家と評価され軽んじられてきた（＊3）。この滑稽に重きを置いた描写に彼のイズムを感じたし、別の評価軸もあっていいのになぁと思うのは、私が素人だからだろうか。

さすがに現代で、この酔っ払いと同じようなことをする人はいてほしくないなぁと願うばかりだ。お湯の中でくらい、社会的階層や属性から解き放たれていたいな。

（＊1）当時の書店は「書肆」や「書林」などと呼び、小売だけでなく編集や製本まで行い、現代でいう出版社の役割も担っていた。三馬に依頼した書店員は、現在の編集者のような立ち位置。

（＊2）土屋信一「『浮世風呂』に見る子ども達の世界」（『新日本古典文学大系86』付録月報6、一九八九年六月）

（＊3）神保五彌は『江戸戯作』で三馬について「身についた話芸の意識が先立って、その世相批判や文化批評もせいぜい皮肉やあてこすり程度にすぎず、平凡な教訓の枠の中にとどまっている。（中略）文字どおり庶民の一員にすぎなかった三馬の限界であり、精緻な写実の技法にささえられた笑いは、それゆえに思想性を欠いた虚無的な笑いという印象を与えるものであった」と評価している。

10

湯の中の世の中（2）

――式亭三馬『浮世風呂』に描かれる女性の多様な姿

江戸っ子でリアリズム作家・三馬先生の憂鬱

男湯の中を徹底的にリアルに描いた『浮世風呂』の前編・四編だったが、男性であり女湯の中に入って観察できない三馬は、どんなふうに女湯の中の女性たちを描いたのだろう。

男性クリエイターが描く女性のお風呂の表現となると、たとえば時代劇シリーズ『水戸黄門』のお娟の入浴場面のような、物語の筋とは別に読者や視聴者（特に男性）に向けた「サービスシーン」となっているケースが、現代では多々あるが……。

{10}

湯の中の世の中（２）
——式亭三馬『浮世風呂』に描かれる女性の多様な姿

三馬は三編の冒頭でこんなことを書いている。

春はあけぼの、ようよう白くなりゆくあらい粉《こ》に、ふるとしの顔をあらう初湯《はつゆ》のけぶり、ほそくたなびきたる女湯《おみなゆ》のありさま、いかで見ん物をとて松《まつ》の内早仕《うちはやじ》舞《まい》ちゅう札かけたる格子のもとにたたずみ、障子《しょうじ》のひまよりかいまみるに、そのさまおかしくもあり。又おのが身のぶざめいたるは、あさましくもありけり。

超現代語訳）春はあけぼの。ようよう白くなりゆく酵素洗顔パウダー。年越し前の顔を洗う新年早々の湯を沸かす、その湯気が細くたなびいている。そんな女湯の模様を取材したいと思い、「正月七日まで時短営業中」と札のかかっている格子の下に佇んで、障子の隙間から中を覗き見れば、女湯の中ほんとにおもしろすぎ。てか、はたから見ると、今の俺、野暮なエロ田舎侍みたいでダサくね……？

「ぶざめく」は、武左衛門と称された参勤交代でやってきた好色で粗暴な田舎侍のことだ。当時、女湯を覗くことは江戸のイケてる商人や町人のすることではなく、性的に抑圧された地方の侍がする野暮でダサいこと、という感覚だった（＊１）。それは「ダサいとわかっていながら、つい女性をエロい目で見ちゃう俺なんだ……」という自虐的なものでもなく、女湯を性的に描かない姿勢が本文に徹底されている。三馬が描きたいのはどこまでも生活のリアリティやおかしみだったのだろう。清少納言『枕草子』をもじった書き出しもおもしろい。

とはいっても、三馬は現代に近い感覚で女性の解放やリアリティを謳った、とは決して言えない。この『浮世風呂』二、三編は、女性読者に「女性の道徳」なるものを教える目的もあった。序文にはこうある。

蓋世《けだしよ》に女教《じょきょう》の書《しょ》許多《あまた》あれど、女大学今川《おんなだいがくいまがわ》のたぐい、丸薬の口に苦ければ婦女子も心に味うこと尠《すくな》し。這女湯《このおんなゆ》の小説は、素《もと》より漫戯《まんげ》の書《しょ》といえども、ここうを用いて読む則《とき》は水飴の味《あじわ》い易《やす》く、善悪邪正《ぜんあくじゃしょう》の行状《ぎょうじょう》はおのずからに暁得《さとす》べし。

超現代語訳）思うに「女性とはかくあるべき」という教えの本は、『女大学』や『女今川』のようにいっぱいあるけれど、どれも説教臭くて女性読者も読む気が失せるだろう。この女湯の小説はおもしろく読んでもらえるように書いた娯楽小説。これを読めば何が善いか悪いかの分別が、自然と理解できると思う。

ここに出てくる『女大学』や『女今川』、特に『女大学』は前近代の家父長制に従っ

{10}

湯の中の世の中（2）

——式亭三馬『浮世風呂』に描かれる女性の多様な姿

た女性の道徳書で、後に渋沢栄一が『論語と算盤』で批判するほど男尊女卑的なジェンダー規範が説かれているものだ。これを「丸薬」と表現しているとおり、三馬は説教臭さには辟易しながらも、規範そのものを否定するねらいはない。あくまで『浮世風呂』は、それを「水飴」のようにやさしくした内容だという。

一方で、『浮世風呂』では「女かくあるべし」な説教に反する者の言葉も聞き逃さない。こんなシーンがある。

「オホホホ」と笑い、慇懃なまでに上品な言葉遣いで話すマダム二人組。彼女たちの家の奉公人の女たちは、台所仕事をするのにも一枚しかないお気に入りの着物を着て、おしゃれをしたがるようだ。マダムたちはそんな彼女たちのことを「それなら汚れる仕事着は古布を集めて繕うとか、工夫をすればいいのに、今どきの女の子は針仕事もできないのよね。呆れたからクビにしてやったわよ。オ〜ホッホホ！」などと腐していた。

さらにその話ぶりからすると、彼女たちは嫁にもきつく当たっているようす。その後、会話を聞いていた別の奉公人の女二人組：おべかとおさるがこんなことを話す。読みやすいように、会話を現代語訳してみる。

おべか「おさるちゃん、今の聞いた?」
おさる「うんうん聞いた」
おべか「よくしゃべくるお婆さんだよね」
おさる「上品ぶってるけど他人の粗探しばっかりしてて、本性バレてんだよ。あんなだから奉公人が定着しないんだって。(中略)てかさ、針仕事するしないはこっちの考え次第じゃん。縫い物ができないからってクビになった子たち、かわいそすぎ。私たちは気に入った服をただ着てるだけ。もったいぶらずに、今気に入っている服は今すぐ着たいじゃん」
おべか「その方がさっぱりしていいや。考えてもみてよ。あんなふうに奉公人を悪く言うから、そりゃ奉公人だって雇い主の愚痴ぐらい言うでしょ。お互い様なんだから雇い主を悪く言おうとバチ当たんなくない?」

マダムたちの言うことは、どちらかというと『女大学』にある儒教的な教えであり、寛政の改革の倹約令にも則《のっと》っている。「女性なら針仕事を」というのは、現代人でも思い当たる典型的なジェンダー規範だろう。高校生の頃、私が選択科目で家庭科ではなく技術工作を選んだとき、親が「え、女の子なのに?」と少し戸惑っていた姿を思い出す(決して「家庭科にしなさい!」と強制されることはなかったけれど)。

{10}

湯の中の世の中（2）
――式亭三馬『浮世風呂』に描かれる女性の多様な姿

平成生まれの私ですら思い当たる性規範に、十九世紀はじめの女性であるおさるは毅然とNOを言う。おべかも、ブラックな雇用主にまで従順でいなくてもいいよ、とかろやかに否定する。倹約令といい、なんだか、令和の今でも思い当たるようなことばかり。ふたりの会話に入りたい女性読者もいたのではないだろうか。そして今もいるかもしれない。

現代人に響く、当時の多様な女性の姿

小気味のいい奉公人の女二人はさておき、ではこのマダムのように、年配女性をサンドバッグにしてしまうようなミソジニーやエイジズムが三馬にもあったのか？　というと、私はそうではないと思う。数え年七十歳で、ネガティブなさるお婆さん（先述のおさるとは別人）と、六十歳の明るいとりお婆さんの銭湯内の会話は、時代を感じない、むしろ現代人にこそ響く内容だ。

さる「あんたはいつも気さくだね。白髪になっても気が若くて」

とり「ネガティブになったって何にも始まらないし。私、こだわりないからなぁ。もっとおしゃれしていたいし。どこかにいい人がいたら、さるさん、私に

紹介してよ。六十の今が婆盛りってこと！　あははは！」
さる「ははは……あんた、死んだ後も幸せだろうね」
とり「いや～死んだ後のことなんかわかんないよ？　生きているこの世のこともよくわからないんだし。ま、夜、酒飲んでそのまま寝落ちする人生こそ極楽だね」
さる「あんたのそういうところが強いよね。私はさっさと死にたいよ。もう、つくづく生きるの疲れた……」
（中略）
とり「（前略）死にたい死にたい言っているひとってなかなか死なないもんだよ。お迎えが来たら、もうちょっと待ってくれ～って生にすがるのが関の山さ」
さる「そんなことないよ」
とり「死んでみれば、また生きたがると思うよ」

加齢を明るく捉えている女性と、何もかも後ろ向きに受け取る女性。前者のとりお婆さんは死にたい相手の気持ちを否定せず、そそのかすこともせず、自分の前向きな人生観も譲らない。三馬が若い女性しか認めない上にミソジニストであれば、とりお婆さんは登場しないか、好人物として描写されることはまずないだろう。

当時の儒教的道徳を内面化した女性はもちろん、それにNOを言う女性も描き出したように、ポジティヴなお婆さんや死にたがりなお婆さんなど、三馬は当時生きていた女性たちの多様な姿を描き出していた。「糞リアリズム」とまで言われた『浮世風呂』だからこそ、当時の女性像について、ある程度信頼できる記録としても読めるかもしれない。

（＊1）ただし、江戸っ子男性が女性へ配慮していた、というより、遊郭内やパートナーとの行為で性衝動を発散していた、と考えるべきだろう。また、三馬は江戸っ子であること、都会的であることを称賛しているので、必ずしも善悪でそれを判断しているとは限らない。さらに三馬はこの銭湯が一般化する前にあった湯女風呂（「湯女」と呼ばれる女性従業員が、男性客に性的サービスを含めた接待をする銭湯）を「風流」と感受していたのも、『浮世風呂』三編自序に記されている。言うまでもなく時代も異なるので、現代フェミニズムに合致するような、女性の性的搾取への反対意思があったとは決して言えないことは明記しておきたい。

11

夕霧太夫の昼の顔

――山東京伝『青楼昼之世界錦之裏』で描かれた遊女のリアル？

遊郭を舞台にした作品の難しさ

近世文芸を好きだと言ってこんな連載の機会までもらっておきながら、できれば取り扱いたくなかった題材がある。遊郭・岡場所を舞台にした作品だ。しかし江戸時代の作品に触れようとすれば、それらから目を逸らして鑑賞することはできない。目を逸らさない、というのは、子供や女性の人身売買、そして買春の歴史を正当化することではないはずだ。けれど「こういう社会システムのおかげで、女性は野垂れ死ぬことがなかった」とか「高級な遊女は庶民より恵まれていた」とか、客と遊女の

{11}

夕霧太夫の昼の顔
――山東京伝『青楼昼之世界錦之裏』で描かれた遊女のリアル？

心中作品を「本物の恋愛」だとか、一方的な視座から遊郭を称賛する言説に出くわすことは珍しくない。そのたびに私は、ため息と一緒にページをめくっていた翻刻や解説本を閉じていた。

一方で、そこで働いた女性たちをいなかったことにしたり、その様子を見つめた作品を抹消したりするのもちがうと思っている。だからこそ題材には困っていた。

私が十代のころ、遊郭を舞台にした漫画『さくらん』（安野モヨコ作　二〇〇一〜二〇〇三年連載）が二〇〇七年に蜷川実花監督で映画化されたり、二〇一一年には角田《かくた》光代《みつよ》によって近松《ちかまつ》『曾根崎心中』（リトルモア）がリメイクされたり、遊郭に関する作品がけっこう売れていたような印象がある。それまで「大人の遊び場」として美化されてきた遊郭イメージを、これらの作品はその皮を剝いていわゆる「苦界《くがい》」――そこにいる者が自分の人生も恋も選べず、買われることでしか道が開けないという現実を見せて、そこで生きていたひとたちを描き直したからだ。

大正期の設定だが『鬼滅の刃』遊郭編もそうで、上弦の陸《ろく》、堕姫《だき》と妓夫太郎《ぎゆうたろう》の謝花《しゃばな》兄妹が鬼になる経緯は悲惨極まりない。そういえば、大学時代に必修科目をきっかけに近松作品をいくつか読んでみたものの、正直、あまりピンと来なかったことを思い出す。描かれるのは家の事情で結婚を強いられたり借金を背負ったりする客側の苦しみばかりで、女郎が閉じ込められている「苦界」の側面が薄かったからかもしれない。

山東京伝作『青楼昼之世界錦之裏《せいろうひるのせかいにしきのうら》』（一七九一・寛政三年）は、こうして美化された遊郭の昼の模様――リアルな様子を描こうと試みたものだった。現代のクリエイターたちが描いた「苦界」とは違い、貧富やジェンダー不均衡を指摘する目的はないものの、当時すでに出来上がりつつあった「所詮遊びだけど、美しい花魁も俺にだけ真剣になってくれる恋のステージ」という遊郭のイメージを、京伝が剝ぎ取ろうとしていたことを紹介したい。

女郎屋での日常

内容はこうだ。作品の舞台は大坂新町、喜左衛門《きざえもん》が亭主の吉田屋という女郎屋。お店が終わった早朝、盃があちこちに転がり、懸盤や食器もうずたかく積み重なり、便所には吐瀉物が花を咲かせている。遊女見習いの「振袖新造《ふりそでしんぞう》」（＊1）、独り立ちしていないものの客をとっている「留袖新造《とめそで》」、年季を勤め上げたあとも女郎屋に残り、花魁のマネージャーのような仕事をする「番頭新造《ばんとう》」、そして子どものうちから上位の遊女になるために教育される「禿《かむろ》」……女郎屋にいる遊女やスタッフたちはあちこちで突

〈11〉

夕霧太夫の昼の顔

——山東京伝『青楼昼之世界錦之裏』で描かれた遊女のリアル？

っ伏して折り重なるように眠っている。

昨夜厚く塗った白粉は落ちて、すっぴんはテカテカ。鼻の疱瘡《ほうそう》のあとや、首にあるちょっとした傷もあらわになっている。髪の毛も崩れ、豪華な髪結いやかんざしなどで隠していた薄い分け目も、朝日に照らされてありありと見えている。

そんな中でも美しい花魁・夕霧《ゆうぎり》は、茶屋に客を送ってきたあと、自分の部屋の戸棚の奥をなにやらこっそり覗いている。そこに、遊女や禿たちの監督である「遣り手《やて》」（＊2）がやってくる。夕霧は戸棚の中に何かを隠しているのか、とぼけながら遣り手と世間話をして、その場をやり過ごす。

朝八時の五つ時になると、茶屋のスタッフが、昨晩客が置き忘れていったタバコ入れを代わりに受け取りに来たり、遊女が書いた客への営業恋文を受け取ったり、花魁が食べたいと言ったもののおつかいに行ったり、客ではなく、同じ業界のひとたちの出入りが増える。魚屋がやってきたので、料理番と亭主は店先に降りてきて買い物をし、一日の下拵えを始めている。

朝十時の四つ時、二階にある夕霧の部屋で寝ていた新造たちが起き始める。普段、夕霧のマネジメントをしている番頭新造の川竹《かわたけ》も、ぼんやり寝ぼけながら朝の準備に取り掛かる。

好きでもない客からの恋文を読んでいる夕霧の後ろから、少し前に目覚めて掃除を始めた川竹がそれを覗き込む。その二人の姿は経巻を開く寒山《かんざん》とほうきを持つ拾得《じっとく》の画のようだ。川竹はその手紙を破り捨ててしまう。淋病に効くという薬を作ったり、とっちらかった食器を片付けたり、女郎屋の中はバタバタと忙しい。

朝食をとったあと、川竹は呉服屋の売り子に着物や布の注文をし、夕霧は湯を浴びてから髪結いやお歯黒などの身支度を始める。それらすべてが終わると、夕霧はひとりでしょんぼりと火鉢の前でうなだれて、何か思案している。

それから時が経って午後零時の九つ時、女郎屋の営業が始まる。夕霧は喜左衛門に「昨晩はありがとうございました」と、何か意味深なお礼を言う。喜左衛門は彼女に特に恩を着せることなく、常連客の待つ茶屋へ送り出す。

喜左衛門や遣り手など、店の経営陣が忙しなく仕事のやりとりをしている間に、夕霧は茶屋に行ったものの、客の事情でキャンセルになって早めに帰ってきた。川竹はそんな夕霧に「これからの時間がもっと忙しくなるから、今のうちに部屋に戻って」と、周囲に気をつけながらこっそり耳打ちする。

夕霧は二階の自分の部屋に戻り、今朝何やらこそこそと覗いていた戸棚を開けると、そこには恋人の伊左衛門《いざえもん》が入っていた。伊左衛門はある商家の生まれだが、あまりに

{11}

夕霧太夫の昼の顔
——山東京伝『青楼昼之世界錦之裏』で描かれた遊女のリアル？

夕霧に入れ込んでいたので勘当された身。それでも夕霧に会いに、昨晩身ひとつで店に来たまま、ずっとそこに隠れていた。ちなみに、喜左衛門も川竹も、伊左衛門と夕霧の関係を知っていて、ふたりが一緒にいられるように手助けをしてくれていた。自分が気に入っていない客にはきっぱりとそう言ってしまえる夕霧だが、伊左衛門を前にすると、どこか弱々しい睦言ばかり。

午後二時の八つ時、隣の部屋から新造たちが遊ぶ百人一首かるたの声が聞こえてくる。三条院《さんじょういん》、和泉式部《いずみしきぶ》、藤原清輔《ふじわらのきよすけ》、藤原義孝《よしたか》、右近《うこん》など、詠まれる歌はどれもふたりの心情を代弁するかのよう。いっそ心中してしまおうか、いいや死にたくない……とふたりの愛が揺れ動いていると、夕霧の様子を訝しんでいた遣り手がやってきて、伊左衛門を暴く。遣り手は男衆を呼んで伊左衛門を殴り懲らしめようとするが、夕霧が身を呈して彼を守ろうとする。

そんな中、夕霧の同僚のなじみ客だった算右衛門《さんえもん》がやってきた。彼は伊左衛門の父の店の支店の番頭をしており、主人に伊左衛門の情状酌量を求めていた。また算右衛門は夕霧の愛を確かめに来ており、それが本物であれば彼女の身請け金（＊3）を立て替えようと金を持ってきていたのだ。夕霧の真剣さがわかり、算右衛門はふたりに身請け金が入った錦の財布を渡す。そこには父の筆跡で伊左衛門の勘当を撤回する手紙も添えてあった。救われたふたりは「かたじけない」と伏し拝んだ。

同じ登場人物をさまざまな作家が描く

主人公の夕霧は実在した遊女で、家を勘当された伊左衛門（彼は架空の人物）との恋物語が近世文芸・演劇のひとつの型となっていた。有名なのは歌舞伎『廓文章《くるわぶんしょう》』で、ここでの伊左衛門は着物を買う金もなく、不用になった紙で作った衣を着ているという設定だ。第八章で権八小紫《ごんぱちこむらさき》譚をふまえた合巻『比翼紋目黒色揚《ひよくもんめぐろのいろあげ》』を紹介したが、こうした有名な遊女の心中話の典型は、当時さまざまな作家たちが趣向を凝らして、同じ登場人物でもいろんな物語を描いていたのも近世文芸の特徴だ。

さて、何よりこの作品の魅力は、前半の女郎屋の模様だろう。タイトルの「錦之裏」は「華やかな夜の遊郭の裏」という意味で、美しく華やかな非日常世界というイメージをとことん壊しにかかる描写が続く。すっぴん、爆睡、吐瀉物、性病と、絢爛豪華な世界の影の部分——客からすれば不都合な描写は、何も彼女たちの容姿や寝姿だけでない。夕霧が興味のない客から送られてきた恋文を読んでいるところに、掃除をしていた番頭新造の川竹がやってきて覗き込んでくるシーンがあるのだが、本文ではその様子が寒山拾得図《かんざんじっとくず》にたとえられているのが興味深い。

〈11〉

夕霧太夫の昼の顔

——山東京伝『青楼昼之世界錦之裏』で描かれた遊女のリアル？

『紙本墨画淡彩寒山拾得図』、狩野山雪、真正極楽寺蔵

寒山と拾得は中国の伝説上の人物で、脱俗的で風変わりだが歌がうまく、また物乞いのような身なりでいたという。寒山拾得を描いた絵画は他にも多くあるが、どれも奇妙な微笑みと身なりが特徴だ。脱俗の寒山・拾得と、風俗の真ん中の非日常にいる夕霧・川竹というコントラストがとてもおもしろいと思う。

しかし、どうして、わざわざ夕霧をはじめとした遊女たちに被せられた「夢」を作者の京伝は壊そうとしたのだろう。京伝は女性の容姿も性根もわざと醜悪に書いたのだろうか……と読み返してみるが、吉田屋の遊女や禿たちは仲が良く、女性が多い場所で描かれがちな、いわゆる「女同士のドロドロ」はほとんど描かれない。むしろ、夕霧のマネージャーである川竹が店の掟に背いてでも夕霧の恋に協力しているように、彼女たちの親しい関係が随所に表れている。
京伝が描こうとしたリアルとは、あくまで夢と春を売る女郎屋の実相であり、決して「女は醜い生き物だ」といったミソジニスティックなものではないようだ。

もし寛政の改革がなかったら……

もっとページを遡ると、本作の書き出しには「最近の洒落本は似たり寄ったりなので、ちょっと捻ってみた」といったことを記している。いったい何が似たり寄ったりなのか。

ここでもまた出てくるのだが、この作品が出た時期は寛政の改革の下で、遊里で客がやらかす失敗や滑稽を笑う黄表紙・洒落本が享楽的な内容だとみなされ規制対象になり、洒落本は洒落ではなく、遊女との真剣な恋愛物語を描くことが求められた。京伝はそこに一石を投じたかったのだろうが、作品の夕霧・伊左衛門の恋愛物語と、心中せずにいきなり勘当が許され、結局いいお話に落ち着いてしまったところに、当局からの規制を逃れようとした姿勢が見て取れる。

しかしそんな努力も虚しく、本作が出版された一七九一（寛政三）年、洒落本『仕《し》

〈11〉

夕霧太夫の昼の顔

――山東京伝『青楼昼之世界錦之裏』で描かれた遊女のリアル？

懸文庫《かけぶんこ》』『娼妓絹籭《しょうぎきぬぶるい》』とともに本作も規制対象とみなされ、京伝は手鎖五十日の刑に処されてしまった。この一件で、京伝は心が折れて作品が書けなくなり、曲亭馬琴らが代作をするということもあった。

もしこの寛政の改革がなかったら、夕霧と伊左衛門の物語はどんなふうに展開したのだろう。遊郭＝華やかな（男性の）遊び場であり、同時に切実な恋愛の場というイメージが強化されず、わざわざ京伝がその夢の裏まで描こうと思わなかったかもしれない。

また本作は「遊里の男女関係を、遊びを離れた角度から肯定的に描かねばならなかった点に、洒落本の傍観的な本質が失われて、人情本に変質する萌芽が十分に存していた」（＊4）という評価がある。この人情本とは、文政期以降、つまり寛政の改革以降に生まれたジャンルで、遊女と客の真情物語にフォーカスされているだけでなく、男一人に複数の女性が集まる、いわゆるハーレム恋愛物語が多い。確かに『錦之裏』は話の筋として尻すぼみであるのは否めず、後期の洒落本というジャンルとしては不十分だったかもしれない。

しかし、女性の素の姿や友情が描かれている点は、前近代のシスターフッド的作品と再解釈して読んでもおもしろいかもしれない。

（＊1）「新造」とは、武家や豪商の若妻を指す。ただし江戸時代の遊郭では本文で挙げたように振袖新造、留袖新造、番頭新造がいて、狭義では花魁など高位の遊女の後見がついている若い遊女である振袖新造を指すことが多い。本作には登場していないが、のちの芸者のように宴会での楽器や芸を担当した太鼓新造がいる。

（＊2）番頭新造の中でも優秀な者が昇格し、女郎屋で働く遊女や禿全体のマネジメントや、客と遊女の間を取り持つ仕事をした。

（＊3）客の男性が、なじみの遊女の身代金と借金を肩代わりして仕事をやめさせること。遊女は貧困家庭から売られたり拾われたりして、店へきた時の身代金や養育や教育にかかった資金を借金として背負っていたためである。

（＊4）水野稔校注『日本古典文学大系59　黄表紙 洒落本集』解説より。

リメイク短編小説③

潤色昼世界　真夜中の裏

――原作：山東京伝『青楼昼之世界錦之裏』

〈夕霧チャン（ハート）（ハート）　いつも有難う！　先日夕霧チャン（ハート）に会いに行った時、夕霧チャン（ハート）、ちぃとばかし、元気がないように見えました。どぉしたの？（汗）俺、夕霧チャン（ハート）の笑顔（笑顔の絵文字）のために、今月ガンバっちゃおうカナ（鼻から息を吹く絵文字）！　今夜も夕霧チャン（ハート）と夢の中（布団の絵）でも会えますよーに（キスの絵文字）チュッ！〉

時計は昼四つ時（午前十時）を指していた。一階のトイレには吐瀉物の花が咲き、二階の座敷は食べ散らかし、飲み残した食器が散乱し、汗や体液が布団にしみついている。東、南、北の三方が川で分断された新地の一日の始まりは、客の夢の後始末から始まる。

起き抜けの振袖新造がそれらを気だるげに片付けていると、彼女たちを束ねる番頭新造の川竹が寝乱れた髪をさっと簡単にまとめただけの姿でやってきて、振袖新造たちに指示を出し始めた。彼女が起きると、きりきりと巻いたぜんまいから手を離したように、この吉田屋の朝が動き出す。川竹は箒で座敷を掃除しながら座敷の奥にいる夕霧の背後に来て、彼女のうなじからその手紙の文面を覗き見た。

「すごいでしょ」

振り返ってにたりと笑った夕霧は、まだ朝風呂に入っていなかったのもあり、少し顔が浮腫《むく》み皮脂も出ていた。室内とはいえ、明るい昼間は首と頭皮の境目に出た痘瘡も目立つ。さらにおとといまで願掛けのために塩断ち（＊1）をしていたので、白粉を塗ったように顔色が悪かった。本物の白粉と紅で化粧をした夕霧の美しさは、この吉田屋だけでなく大坂新町を越え、江戸の吉原までその評判が轟いていたが、川竹にとっては今の素顔のほうが見慣れた夕霧だった。

「今もいるんですねぇ、こういう、趣味の悪い文体。ちょっと前はやたら多かったけれど」

「さすがにもう珍しいかな……いや、いるか……最近営業手紙も適当にやっていたから、久しぶりにちゃんと読んだ気がする。もう読むのも書くのも疲れてきちゃって」

「花魁は好き嫌いするから体力が持たないんですよ。ちゃんと今朝は食べてくださいね。それに、今日は九日ですから」

さっきまでの笑顔の面を落としてしまったかのように、表情を失った夕霧が川竹を見つめた。その面を今度は川竹が拾って着けたように微笑んだ。

「今日でもう塩断ちは終わりでしょう」

「……そうだね」

川竹はのそのそと起きて掃除や身支度を始めた振袖新造や禿《かむろ》たちに向かって、ほらちゃんときびきびしなさい、花魁が優しいからって甘えるんじゃないよ、と言いつけながら掃除に戻った。店の一階から、料理番が朝買った魚や野菜を炊いている香りがのぼってきて、外では茶屋の男が遊女や客の忘れ物を届けにきたり、簪《かんざし》や櫛を取り扱う小間物屋が店に上ろうとしたり、いつもの朝が始まっている。夕霧はまだ瞼を擦っている禿に客からの手紙を渡して、捨ててくるように命じた。

「九日の真夜九つ（午前零時）、新町の子たちで放火するんだってさ」

一週間前、しっちゃかめっちゃかに散らばった座布団の上で、簪で頭皮を掻きながら、夕霧に背を向けて川竹は言った。隣の部屋では食器が塔のように重ねられた懸盤の下で、禿が前髪を額に張り付かせて眠り、そのそばでまたすやすや眠る新造の髪飾りがおかしな方向に寝乱れている。

「放火？」

その日の時計は明け六つ時（午前六時）を指していた。夕霧は朝帰りの常連客を茶屋まで送ってきて、まだ日の昇らないうちの透徹した空気を吸いながら吉田屋に帰ってきた。座敷に戻って蛍火ほどの火鉢で暖を取り、鉄瓶の中に残っていた白湯を転がっていたおちょこに注ぎ、鉄と酒臭さを嗅ぎながら口をつけようとしていたときだった。重たい眠気のもやが頭の中にかかっていて、川竹の言葉がすぐに飲み込めなかった。

「うん」

「いやちょっと、何、その噂」

「噂じゃない、計画。店をまたいで女郎の間で企てたんだよ」

「どうしてそんなこと知っているの」

「私もその計画に参加するからね」

　これから買い物に行くような軽やかさでそう言われ、夕霧は返す言葉を探していると、川竹がこちらに振り返った。まだ落としていない昨夜の白粉が皮脂でよれていた。

「あ、伊左衛門さんには言わないで。どこからバレるかわからないし……当日もし伊左衛門さんが店に来ちゃったら、時間までにとにかく逃げてほしい。まぁ、喜左衛門の旦那がいるとはいえ、なかなか来られないかもしれないけど」

　恋人の名前に動揺する様子を悟られまいと、夕霧は白湯を飲んだ。白湯に浮かんだ埃か小さなごみが、ざらざらと舌の上に残った。

伊左衛門は大坂一の豪商の跡取り息子だったが、夕霧に入れ込むあまり店の金に手を出して、勘当されてしまった。伊左衛門は書き損じた紙を糊で貼り合わせた服を着てなんとかこの寒さを凌いで過ごしているほど、手持ちの金も尽きている。吉田屋の亭主、喜左衛門は、家の金を盗んででもひとを愛そうとするその心意気を評価して、無一文の伊左衛門をたまに座敷に上げて、夕霧との密会を取り計らってくれた。喜左衛門の懐の広さは確かだが、計算高い男だ、ここまでやさしくするのは、きっと名家の若旦那に恩を着せているのだろう。いじらしい伊左衛門をかわいく思い、喜左衛門に感謝している。それでもひとりでいる時、目の奥が冷えてゆくような感覚を夕霧はおぼえていた。

「逃げるって……」

「西門でもいいし、東の新町橋でもいいよ。騒ぎが大きくなればなるほど門番の目を盗んで逃げやすくなる。新町橋からなら、橋が焼ける前に渡りきりなよ」

東西にある新町の二つの門は、真夜九つ時になると閉め切られる決まりだった。一度閉まると誰もそこから出られない。これは遊女たちの脱走を阻止するための措置だ。開いている昼間ではなくその時間を狙っているのなら、新町だけを客もろとも徹底的に焼くつもりなのだろう。

「そういうことじゃなくて、あんたはどうするの？　その、ちゃんと逃げられるの？」

「わかんない。逃げ遅れたら、それまでじゃないかな。とにかく九日、一週間後ね、茶屋に客を迎えに行くとき私も理由つけてついていって、手助けするから」

「私が伊左衛門さんに言ったらどうするの」

「夕ちゃんだから教えたんだよ」

ふたりだけの呼び名で夕霧を呼んで、川竹は視線を足下に落とした。年も近く、ほとんど同じ時期に女郎屋に売られてきたふたりは、禿の時代には互いを夕ちゃん、竹ちゃんと呼び合っていた。いっしょに振袖新造となって、いつしか客を取るようになり、あれよあれよというちに夕霧は花魁になり、川竹は年季が明けても行く当てがあるわけでもなく、番頭新造として吉田屋に残った。そうなってからは他の新造たちや遣り手の目を気にするようになり、川竹のよそよそしい敬語にもすっかり慣れ、そう呼び合う機会は減っていったが。

聞かなかったことにするね、と言い捨てて、夕霧は立ち上がって布団を敷いた部屋に向かった。舌に張り付いた小さなごみはその朝の間に取れないまま、部屋持ちの遊女だけに与えられる分厚い布団の中で目を閉じた。

それから一週間、夕霧は願掛けで塩断ちをしてみた。川竹や喜左衛門には伊左衛門の身を案じて、と伝えたが、どちらのためか自分でもわからなかった。喜左衛門はますます夕霧と伊左衛門の関係に協力的になり、これこそ人情だとか、真の恋だとか、夕霧おまえ綺麗になったなぁがんばれよう、などとやたら上機嫌で話しかけてきた。川竹とはそれについて深く話すことはなかったが、淡々と料理番に塩抜きを命じて仕事をしてくれた。

川竹の戯言《ざれごと》であることを祈りながら、あっという間に一週間が経ってしまった。

時計は夜五つ半（夜九時）を指していた。新町の門や橋に、客の足が増える。夕霧は茶屋へ客を迎えに行ったが、客が仕事で呼び出されてすぐに帰って行ったので、息を切らせて吉田屋に戻ってきた。

店先にいた喜左衛門が「どうした、今日は早いな」と声をかけてきた。

「お客さんが仕事でトラブルがあったみたいで、すぐに帰っていきました」

そうか、と喜左衛門は返事をしながら周囲を見遣り、夕霧にそっと耳打ちした。「伊左衛門が来ていたから通しておいた。川竹にも伝えている。彼女なら首尾よくやってくれているだろうから、安心しな」

跳ね上がる心臓を抑えるように胸に手を置いた夕霧を見て、喜左衛門は「本当に伊左衛門が好きなんだね」と、少しさみしそうに言った。自分の頬は赤らんでいるのだろうか、それとも青ざめているだろうか。悟られないように俯いて頷くと、喜左衛門はますます嬉しそうに夕霧を中へ通した。

自分の部屋に向かうと、襖の前に川竹が立っていた。夕霧の早い帰りに喜左衛門と同じように驚いた様子だったが、川竹はすぐに「伊左衛門さんには、押し入れの中に隠れてもらっています」と耳打ちしてきた。

「どうするの」

「まさか、伊左衛門さんが茶屋じゃなく直接うちに来るとは思いませんでしたが……とりあえず、他の子を茶屋に送る時の隙を見計らうので、ちょっと二人で待ってってくれますか？　まだ店先には喜左衛門さんがいるし……」

「そうじゃなくて、竹ちゃんはどうするの」

夕霧は川竹の両肩を摑んだ。川竹は視線を逸らして「やるよ。当たり前じゃん」とそっけなく答えて、夕霧の手を振り払った。

「いくら勘当されたとはいっても、伊左衛門さんはあの家の一人息子だから……どうせ、すぐ落ち着く。この後の生活もきっと大丈夫」

身を翻して、川竹は襖を開けて夕霧を部屋に突き飛ばし、そのまま音を立てて襖を閉めた。川竹の足音が遠のいてゆく。夕霧が追いかけようと立ち上がると、押し入れから男がぬっと顔を出して「夕霧ぃ?」と掠れた声で呼び止めた。

振り返ると、破れかぶれになった紙の着物を纏《まと》った伊左衛門が押し入れから這い出てきた。まぬけで、かわいそうで、かわいい。夕霧は部屋に飾ってある豪奢な打ち掛けを取って、彼の肩にかけて手を握った。ついさっきまで外に出ていた自分より、伊左衛門の指先が冷えていた。

川竹を待ちながらしばらく睦まじく話していると、あっという間に枕時計の文字盤が動き(*2)、半刻(一時間)が二人を通り過ぎてゆき、気づけば時計は夜四つ(午後十時)を指していた。

――正しさも　愚かしさも　私も貴様も　わからない

隣の部屋で、手の空いた新造や禿たちがかるたをして遊んでいたが、飽きてきたのか最近流行している、女虚無僧歌手の新曲「私形無《しかたなし》」を歌い始め、その声で夕霧は我に返った。

「あの覆面歌手か。町でも至るところで子どもたちが歌っているよ」

「そうだね。他のお客さんに聞こえなければいいけど……」

「どの部屋も同じくらい騒いでるから、気にしなくていいって。なんか、今日落ち着かないけど、どうした？　顔色も悪いよ。まさか塩でも抜いてない？」

すっかり時間を忘れて伊左衛門と過ごしていたつもりだったので、夕霧はどういう表情をすればいいかわからなかった。何かしら、たとえば他の客との関係を疑って、鎌をかけているのかもしれない。そう思った夕霧は、素直に川竹を待っていることを伝えた。

それから「いつまでも隠れているわけにはいかないし、伊左衛門さんの帰り道を川竹が手引きしてくれるから」と嘘を付け足した。

――遊びをせんとや生まれけん　いまだ飽かず　伽藍堂のこの体
隣の部屋から歌が聞こえた。

「そう。ならいいけど」

「川竹は頭がよく回るから、心配ないよ」

「うん……」

「何、不安なの?」
「そうじゃなくてさ」伊左衛門は困ったように笑って続けた。「顔が、ねぇ……」
夕霧は驚いて伊左衛門を見ると、彼も驚いたようにこちらを見つめ返して「そんな深い意味っていうか、悪意はないよ」と笑って夕霧を抱きしめた。「でも、友達をそんなふうに言ってしまってごめん。夕霧を悲しませてしまった」
――なんでだろうな　何処の因果山
伊左衛門のこういうところが嫌だ。彼は容姿も悪くないので、夕霧と出会う前も出会った後も、たくさん言い寄られてきたのだろう。何の悪気もなく、他人を選んでしまう。籬(＊3)の前の客たちの熱心な視線ではないものの、自分に好意を寄せていない相手に対しても、料理番が魚を選別するようにさっぱりとした審査の目で見てしまう。むしろ、他の客と同じようにしてくれればいっそ嫌いになれたのに、と思う。ただでさえ見窄《みすぼ》らしいなりでやってきたのに、さらに叱られた禿のようにしゅんとしてみせる伊左衛門は、あまりにもかわいそうで、甘ったれで、直視できない。
――憂き世を漂い　ただ酔い　時間が私を通り過ぎてゆく
「わかってくれれば、まぁ」

夕霧がそう言うと、ゆるされたと思った伊左衛門はまた強く彼女を抱きしめた。尻尾を振っている犬のようなはしゃぎようで、「夕霧はやさしい、やさしいね」と頬を夕霧に擦り付けてくる。とにかく伊左衛門は裏表がない。もっと小賢しくやれば、横領も自分のせいとばれなかっただろうに。勘当されてからも、正面切って吉田屋に来て夕霧に会いたいと店の者に懇願してしまう。そしてひとの情けややさしさを、遠慮せず、意地も張らず、素直に欲しがれる。そんな純朴さを気に入って喜左衛門は彼を助ける気になるのだろう。

――しかたねえ　しかたねえんだよ

そして夕霧も、伊左衛門のこういうところが好きだった。

窓の外から「火事だ」と叫ぶ声が、どんちゃん騒ぎと隣の禿たちの歌声に紛れて聞こえてきた。時計は夜四つ半（午後十一時）を指していた。予定よりちょっと早いのではないか。夕霧は伊左衛門を押し入れに一度隠してから様子を見ようとすると、ちょうど川竹が襖を開けてやってきた。時間通りではないことに彼女も狼狽えていたが、とりあえず伊左衛門と夕霧を逃がすために戻ってきたようだった。川竹は遣り手のいない隙を見計らい、二人を連れて店を出た。

西の方にある店が燃えている。そっちに気を取られていると、今度は違う店から火の手が上がる。示し合わせていた時より早く上がった炎に気づいて、慌てた他の遊女たちがそれに続いているのだろう。次々と火の手が上がる。三人はただ混乱するばかりの新町の通りを、東に走った。ぽっくりを履かずに裸足で行く新町はいつもより大きく広く、夕霧は走っても走ってもどこにも行けない気がした。

最中、伊左衛門が川竹ちゃん、と呼んだ。「本当に、ありがとう。こんなことになっているなんて、全然気づかなかった。まったく阿呆だね。川竹ちゃんがいないと僕ら、何ひとつできないよ」

「いいえ、そんなこと、ないです。私は――」

「私は何かひとつくらいできる」

夕霧は立ち止まった。「どうしたの、夕ちゃん」と、二人を連れて先頭を走っていた川竹は、彼女に気づいて振り返った。

「私は文字が書けるし、三味線も、この立場だからやらなくなっただけで、新造の時はそれなりに得意だった。言ってなかったけど、算盤も好き。金の計算さえできずやりくりに詰まってしまうあなたと一緒にされたくない。それに、私はこの火事の計画を前から知っていたよ。成功を祈って塩を断っていた」

一度、夕霧は深く息を吸い直した。冷たい空気が走って熱くなった肺を刺す。

「竹ちゃんのことを悪く言うひとと、勝手に『僕ら』って括られたくない」

慌てているのか苛立っているのか、伊左衛門は「今、そんなこと持ち出す場合じゃないだろ」と声を強めて言った。それから夕霧と同じように息を吸って、伊左衛門はゆっくりと、聞き分けの悪い子どもを諭すように続けた。

「それに、さっきちゃんと謝ったよね？　悪気はなかったんだって。悲しませるつもりもなかった。計画とかなんのことかわからないけど、こんなところで臍曲げないでくれよ。頼むから……」

黙って睨みつけてくる夕霧に、伊左衛門は口を噤んで手を離し「わかった、ごめん」と短く言った。もっと激しく、ひどく、何か隠していたものを剝き出しにして言い返してくるかと身構えていたので、夕霧は拍子抜けする気分だった。しかし意外でもなかった。伊左衛門はそういう男だ。悪意がなかったのも、謝罪の言葉にも偽りはないのだろう。辺りは大火事だと言うのに、彼だけはずぶ濡れのような目でこちらを見つめる。

このままいつものように、伊左衛門をゆるしたくなる。それでも、夕霧は立ち尽くす彼を置いて川竹の腕を引き、東の橋のほうへ、ひたすら走った。背後の花街では、火の粉が舞い、建物が倒壊する音がし、どこからか悲鳴が上がった。

それでも、ただ東の方角へ駆けた。

時計はおそらく夜九つ半（午前一時）を指している頃だろう。燃え上がる新町の門は開きっぱなしになっていたが、向こう岸はもちろん、新町橋の上にも川にも火消しや野次馬が殺到しており、向こうへ渡れそうになかった。

夕霧はいっそ川へ飛び込もうと川竹に提案した。川竹はいつかどこかで放火計画の話は明らかになって、自分も足がついてしまうと言って夕霧の提案を聞かなかった。最初から逃げるつもりがなかったのだ。夕霧は一週間目を背けてきた彼女に向き合って、それ以上何も言わなかった。二人は門のそばの塀の下に座り込んだ。

「夕ちゃん、逃げていいんだよ。あんた何にも悪くないんだし」

「竹ちゃんがいないじゃん」

簪も櫛も逃走中に落としてしまった頭を掻き、はだけた裾から膝を出して俯く夕霧に、そう、と川竹はため息をついて、塀に寄りかかった。着飾らない姿で身を寄せ合っていると、二人は新町に売られてきたばかりの頃に戻ったようだった。

どこにも行けないことはないが、どこに行こうと、塀の向こうには川竹がいない。芸事や算術ができたところで、彼女の世話がなければ生活もままならないだろう。胸の奥で激しく打っている鼓動を隣にいる川竹に聞かれないように、夕霧は背中を丸めて膝を抱えた。

「さっき、伊左衛門さんと何があったか知らないけど」

川竹は額の汗を乱暴に拭いながら空を仰いだ。夕霧も、彼女の横顔の輪郭を、顎、唇、鼻、まつ毛、額、と視線でなぞりながら見上げた。煙の混ざった夜空は夕焼けのように火に染まって、星も見えない。

「なんかすごく、嬉しかった。かたじけないね、ありがとう」

吉田屋の方角から、自警団、遣り手、喜左衛門たちの声と、街を飲み込んだ炎が迫ってきた。

（＊1）願掛けのために、塩気のある食べ物をある期間食べないこと。
（＊2）江戸時代に使われた針を用いた和時計（原作に描かれている一挺《いっちょう》天符《てんぷ》式時計など）は、針が動くものと文字盤が動くものの両方があった。
（＊3）女郎屋の一階にある張見世の格子。女郎はこの中に座り、客が外から品定めする。

12

この座敷に花魁は永遠に来ない

――十返舎一九『東海道中膝栗毛』と都会コンプレックス

東京ですり減ってゆく人間たち

以前、麻布競馬場さんの単著『この部屋から東京タワーは永遠に見えない』をご恵投いただいた。ツイッターに一四〇字ずつ投稿された東京ですり減ってゆく人間たちの物語が収録されていて、さんざんいろんな人を小馬鹿にしたような語りが続いたあと、麻布競馬場さん自身の身を切るようなモノローグで締められる。最初から最後まで東京への愛憎がたっぷり詰まった一冊だ。

それを読みながら、ふと学生時代のことを思い出した。都内の一人暮らしで生活が

〈12〉

この座敷に花魁は永遠に来ない

――十返舎一九『東海道中膝栗毛』と都会コンプレックス

苦しいと嘆く大学の同級生に、私は軽い気持ちで「じゃあ、二十三区外に住めばいいじゃん」と言った。すると「あんたみたいに恵まれた人間にはわからない」と相手に返されて、ちょっと嫌われてしまった。

正直、私は東京と呼ばれる場所への憧れが薄い。もちろん街は華やかで、目眩《めまい》がするほど楽しいことがいっぱいある。まったく惹かれないと言うと嘘になるけれど、歌や小説にあるような甘く痛い執念を抱いたことがなかった。元の気質もあるだろうけど、これにはちょっと自分の生育環境も関係している気がする。

私の実家は横浜だが、幼稚園から高校まで、電車で四十分近くかかる町田の私立学園に通っていた。さらに学園の最寄駅から校舎まで徒歩で十五〜二十分ほどかかるので、合計で約一時間かかる。私だけじゃなく、多くの同級生がだいたいこれくらいの時間をかけて、東京二十三区や神奈川県内から町田に集まってくる。所要時間が一時間以内の距離なら全然遠くないと感じていた。その感覚で、なんで家賃相場が下がる郊外に住まないんだろう？　と不思議に思っていたのだ。大学は町田よりアクセスのいい立地だったので、選択肢もぐっと広がるはずなのに。

東京都出身じゃないくせに都会人ぶるな、と言われればごもっともなのだが、そういった経緯で、東京か、そうでないか、あるいは二十三区内か、そうでないかの境界を感じないまま、ぬるっと過ごしてきた。こうしてぬるっと過ごせること自体が恵まれていたのだと、大人になってやっと気づいたのだ。『この部屋からは～』のような東京でもがきながら暮らす人間の作品を読むたび、私はこういった物語に出てくる「恵まれたモブ」のひとりかもしれないな、と思っている。

この東京、ひいては都会コンプレックスというものは近世文芸にもよく見られる。第三章でも触れたが、西洋文化圏では「聖（宗教・神話）」と「俗（人間）」の対立がひとつのテーマであるのに対し、日本では「雅」と「俗」の対立と融和がポイントだ（＊1）。「雅」は伝統・権威的な世界を描くもので、「俗」は日常や滑稽な世界を指すが、十八世紀以降には江戸という新都市も文化的に爛熟し、日常的な題材の中に品格を見出す「俗中雅」という評価も生まれる。都市部はいわば「俗」なハイカルチャーの拠点となってきたのだ。

現代の漫画に似た黄表紙は、田舎者が都会で成功することを夢みる物語から始まり、そこから派生した洒落本は、都会の遊里で繰り広げられる洗練された色恋や人間模様や、それができないちょっと滑稽な様子で読者の笑いを誘い、人情本は都市部の恋愛と人間関係が描かれるケータイ小説のような展開だった。

{12}

この座敷に花魁は永遠に来ない
――十返舎一九『東海道中膝栗毛』と都会コンプレックス

『東海道中膝栗毛』の知られざる中身

今回は本書のタイトルの元ネタなので、十返舎一九《じゆっぺんしゃいっく》『東海道中膝栗毛《とうかいどうちゅうひざくりげ》』を選んだ。最初はそんな軽い理由だったが、いろいろな近世文芸をてくてくと旅するように触れながら、やっぱりこの都会と田舎というテーマに帰ってきた気がした。そしてそのテーマは、約二百年経った現在も続いているようだ。

一八〇二（享和二）年から一八二二（文政五）年の二十一年間にわたり出版された『東海道中膝栗毛』は、江戸っ子の弥次郎兵衛《やじろべえ》と喜多八《きたはち》（北八とも。ここでは喜多八と表記する）のふたりが、江戸・日本橋から伊勢神宮を目指し、さらに京都・大坂へと徒歩で旅する。ちなみに、続編では大坂から中国地方の宮島（厳島）で引き返して江戸に帰るところまでが語られる。狂歌や言葉遊び、川柳に興じながら東海道の名所をゆく、弥次・喜多のドタバタ珍道中――というのが、教科書的な紹介だ。実のところ、本作には「教科書」的ではない内容もある、というか、そのままでは子どもには読ませられないエピソードが目立つ。

まずは、弥次郎兵衛・喜多八の旅の動機。本作の刊行後、ふたりの詳細が知りたいという読者からの要望に応え、作者の十返舎一九は彼らの出自を明かしたプロローグを書き足した。そこで、彼らは江戸生まれではなく現在の静岡県生まれであることが明らかになり、弥次郎兵衛は地方の豪商の息子、喜多八は旅芸人が連れていた少年男娼で、弥次郎兵衛は喜多八の客だったことも語られる。弥次郎兵衛は男娼遊びに蕩尽し借金を作り、未成年の喜多八を連れて江戸に夜逃げしてきたのだ。

ここまではいいのだ……ここまでは……。

商業BLチックだけど、若くして春を売らなくてはならなかった喜多八少年と（客として出会ったとはいえ）地方豪商の子だった弥次郎兵衛が駆け落ちしながら、自分という存在を再定義してゆく、そんな旅になりそうで……。

江戸に逃れたふたりは金がないので、弥次郎兵衛は元服した喜多八を奉公に出し、自身はおふつという女性と結婚。時が経ち、おふつに飽きた弥次郎兵衛は、さるご隠居が妊娠させてしまったおつぼという妙齢の女性を身請けし、おふつを騙して離縁。しかし、このおつぼが身ごもっているのは実は喜多八との子であることが発覚。ふたりは奉公先で出会い、喜多八が強引に彼女と性的関係を持ったのだ。

産気づいて苦しむおつぼを横目に、真相を知った弥次郎兵衛と喜多八は喧嘩をしてしまい、放っておかれた彼女はお腹の子もろとも死んでしまう。さらに喜多八は奉公先の女主人を誘惑し、ゆくゆくは自分が跡取りになろうと画策していたが、主人はそ

{12}

この座敷に花魁は永遠に来ない
——十返舎一九『東海道中膝栗毛』と都会コンプレックス

左が喜多八、右が弥次郎兵衛
『東海道中膝栗毛 発端』、国立国会図書館デジタルコレクション

のもくろみにとっくに気がついており、彼を解雇。妻も職も失ったふたりは、自身の「不運」を嘆き、「いっそのこと、まんなおしにふたり連れで出かけまいか」と伊勢神宮へ行くことを決意。「まんなおし」は縁起直しのこと。そう、世の女性にとってはご愛嬌や滑稽では済まされない、腐れ縁で繋がっているとんでもないクズ男たちの旅なのだ。

さらに道中もこの女性への扱いの酷さが目立つ。女郎を買ったり女性をからかったりするならまだかわいいほうで、精神疾患にかかっている女性や瞽女《ごぜ》（目の見えない女性の旅芸人）など、ハンディキャップをもつ社会的弱者を騙し、彼女たちと性的関係を持とうとさえするのだ。その多くは失敗し、ふたりは振られたり平謝りしたりして滑稽な話として締められるのだが……いくら時代と感覚が違うものとはいえ、さすがに読んでいて気分が悪くなる。小田晋は本作を悪漢小説《ピカレスク》と説明しており（＊2）とてもとても教育にはよろしくないものだ（＊3）。佐伯順子はこの女性への性的関心やセクハラ行動が、弥次郎兵衛と喜多八のホモ・ソーシャルな絆を深めているのだと指摘している（＊4）。

しかし、女性たちも負けっぱなしではない。旅が上方へ進むほど登場する女性たちの強さが増してゆく。これは私の感覚だけど、先述の瞽女がいた宮の宿（現在の愛知県名古屋市熱田区）から、ふたりと女性たちの立場の逆転が見えてくる。瞽女は非常に用心深く、夜這いに来た弥次郎兵衛を盗人だと思い大騒ぎして事なきを得るのだ。

さらに京都では、まず美しい都会の女性に道をたずねたふたりが、違う道を教えられてからかわれる洗礼を受け、五条の遊郭では遊女たちに軽くあしらわれる。果ては喜多八が遊女に着物を貸すと、その着物を別の客との駆け落ちに利用され、女郎屋から駆け落ちの手引きをしたと間違われておしおきを食らう。喜多八は京都で買った着物を通りすがりの芸妓にダサいと笑われ、弥次郎兵衛は女商人から詐欺に遭う。

これは勧善懲悪的な流れというより、この作品のジャンルが滑稽本という、主に遊郭での失態を笑う洒落本から発展したものだからだろう。当初は江戸っ子として登場したふたりがわざわざ後付けでお上りさんとされたのは、それほどふたりの行動は「江戸っ子」像からかけ離れているからではないか。

現代まで続く都会コンプレックス

地元や地方でイキり散らかして女性や弱者を尊重しないような男が、都会の街そのものから手痛い目に遭うのは現実でもたびたび目撃してきた。そして何より『この部屋から東京タワーは永遠に見えない』の表題作を想起せざるを得ない。『東京カレンダー』を愛読する港区アラサー男子の主人公が、マッチングアプリで出会ったウェブマーケ会社勤務の二十代半ばの女性を前にイキると「それは普通に古いしダサいですよ」と咎められ、彼女の遊び場である神泉の雰囲気に打ちのめされてしまう。詐欺みたいな外見改善コンサルに買わされたひと昔前のファッションに身を包んだアラサー男性が、立ち飲みビストロの中にいる「センター分けにキングヌーみたいなメガネ、バブアーの高そうなアウター」の若者たちを外から見つめている。

都会コンプレックスは江戸時代から現在に至るまで、水垢のように拭いても拭いてもしばらくすると浮かび上がってくる。ただし少し違うところは、弥次郎兵衛と喜多八の失敗譚はまだその文体や時代性で「笑える」話として描かれているけれど、現代のそれは涙を誘ったり自虐したりしながら「打ち明ける」ものになる。『この部屋から~』の感想をネットで検索すると、経営者や芸能人、高給取りから大失敗してしまった人まで、さまざまなひとが古傷を抉られながら共感を表しているようだった。笑えない物語に変容したものの、都会コンプレックスは今も揺るがない重大なテーマなのだろう。

「あんたみたいに恵まれた人間にはわからない」と言われた二十歳そこそこの頃、自分が都会的だとも思わないけれど、必修科目を履修漏れしたまま進級してきてしまったような、ふわふわした寄る辺なさを抱いたことを思い出す。

当時は「私だって全然ラクしてきたわけじゃないし!」と、何か言い返したいような気分になっていたけれど、そもそも人の苦しみや不幸は競い合うものでもない。東京疲弊物語で私は永遠に主人公になれない。そして相手も同じように都市部育ちの物語の主人公になれず、そのどちらに優劣があるわけでもないのだ。

旅の終わりに

さて、江戸文芸を辿る旅は長いようで気づいたらあっけなく終わっていた。途中で「翻刻された本がないなんて！」と焦ったり、登場人物のぬけぬけとした性格にイライラすることもあったり、何度も締め切りを破って各所に迷惑をかけ……まさにドタバタ珍道中だったが、帰路に就くと妙にせつない気持ちになる。

帰国後に味噌汁やたまごかけご飯を食べた時のように大げさに感動したかと思えば、しばらくしたら次の旅行の計画を企ててしまうように、現代小説やポップス漬けの日々から、きっとまた古典の旅に出かけたくなると思う。その時はまたどうぞよろしくお願いします。

（＊1）中野三敏『十八世紀の江戸文芸―雅と俗の成熟』（岩波書店、二〇一五）。古くは主に連歌の領域で有心／無心と分類され、和歌的世界の連歌と、言語遊戯の俳諧の連歌で雅と俗は表現された。鎌倉期には「地下の連歌」というものが登場し、連歌師は宮廷ではなく社寺の催しで一般庶民の前で歌を詠む興行をした。このように中世までは階級によってゆるやかに線が引かれた上で、無心（俗）の連歌はしだいに和歌的世界へ成り上がってゆく。近世ごろになると、この俗を徹底する姿勢を見せる作家が現れる。

（＊2）「『膝栗毛』における悪と狂気」（旅の文化研究所編『絵図に見る東海道中膝栗毛』p．129・134）

（＊3）『10歳までに読みたい日本名作10　東海道中膝栗毛』（学研プラス、二〇一七）では、「子《こ》どもたちに楽《たの》しんでもらえる事件《じけん》をえらんで書《か》きましたが」と「物語について」に記されているとおり、弥次・喜多の経歴や、性的なことや今日では不道徳的な出来事はスポイルされている。大石学監修『現代語　抄訳で楽しむ東海道中膝栗毛と続膝栗毛』（ＫＡＤＯＫＡＷＡ、二〇一六）では、遊郭についての言及はあれど、藤川宿の精神疾患の女性については「不幸な娘」と、宮宿の瞽女《ごぜ》の話はあらすじに「瞽女に手を出し一悶着《ひともんちゃく》」と触れるにとどまっている。

（＊4）「『膝栗毛』に見る女――旅と性」（旅の文化研究所編『絵図に見る東海道中膝栗毛』p．123・128）

参考・引用文献一覧

第一章

エーリッヒ・フロム、渡会圭子訳『悪について』（筑摩書房、２０１８）
中村幸彦校注『日本古典文学大系55　風来山人集』（岩波書店、１９６１）
福田安典『平賀源内の研究　大坂篇　源内と上方学界』（ぺりかん社、２０１３）
「ユリイカ　総特集：ＢＬスタディーズ」（２００７年12月臨時増刊号、39巻16号、青土社）

第二章

尾形仂『日本詩人選17　松尾芭蕉』（筑摩書房、１９７１）
尾形仂『芭蕉の世界』（講談社、１９８８）
荻原恭男校注『芭蕉　おくのほそ道　付　曾良旅日記　奥細道菅菰抄』（岩波書店、１９７９）
潁原退蔵校訂『去来抄・三冊子・旅寝論』（岩波書店、１９３９）
川本皓嗣『俳諧の詩学』（岩波書店、２０１９）
長谷川櫂『芭蕉の風雅　あるいは虚と実について』（筑摩書房、２０１５）
正岡子規『獺祭書屋俳話・芭蕉雑談』（岩波書店、２０１６）
増田こうすけ『増田こうすけ劇場　ギャグマンガ日和』７巻（集英社、２００６）
『現代日本文學大系10　正岡子規　伊藤左千夫　長塚節集』（筑摩書房、１９７１）

第三章

池澤夏樹編『日本文学全集12巻』（河出書房新社、２０１６）
潁原退蔵校訂『去来抄・三冊子・旅寝論』（岩波書店、１９３９）
櫻井武次郎『連句文芸の流れ』（和泉書院、１９８９）
田中善信「俳諧における寓言論の発生について」（『国文学研究』49、Ｐ．65－73、早稲田大学国文学会、１９７３）
中野三敏『十八世紀の江戸文芸―雅と俗の成熟』（岩波書店、２０１５）

中村俊定「貞門俳諧の諸問題　重頼（維舟）と宗因の関係について」（『国文学研究』７、Ｐ．84－93　早稲田大学国文学会、１９５２）
中村幸彦『中村幸彦著述集』第一巻・第九巻（中央公論社、１９８２）
西山宗因全集編集員会編『西山宗因全集』第三巻（八木書店、２００４）
長谷川櫂『古池に蛙は飛びこんだか』（花神社、２００５）
森川昭・加藤定彦・乾裕幸校注『新日本古典文学大系69　初期俳諧集』（岩波書店、１９９１）

第四章

清水勲『図説　漫画の歴史』（河出書房新社、１９９９）
水野稔校注『日本古典文学大系59　黄表紙 洒落本集』（岩波書店、１９５８）
『日本古典文学大辞典』第一巻（岩波書店、１９８３）
同書　第四巻（岩波書店、１９８４）
水野稔『黄表紙・洒落本の世界』（岩波書店、１９７６）

第五章

金井寅之助・松原秀江校注『新潮日本古典集成　世間胸算用』（新潮社、１９８９）
福沢諭吉『学問のすゝめ（ワイド版岩波文庫）』（岩波書店、１９９４）
竹内洋『ＮＨＫライブラリー64　立身出世主義　近代日本のロマンと欲望』（日本放送出版協会、１９９７）
安国良一『日本近世貨幣史の研究』（思文閣出版、２０１６）

第六章

竹内洋『学歴貴族の栄光と挫折』（中央公論新社、１９９９）
神永曉『さらに悩ましい国語辞典』（時事通信出版局、２０１７）
水野稔校注『日本古典文学大系59　黄表紙 洒落本集』（岩波書店、１９５８）
『日本国語大辞典　第二版』第十三巻（小学館、２００２）

第七章
水野稔校注『日本古典文学大系59　黄表紙 洒落本集』（岩波書店、１９５８）
板坂則子『江戸時代　恋愛事情　若衆の恋、町娘の恋』（朝日新聞出版、２０１７）
氏家幹人『かたき討ち　復讐の作法』（中央公論新社、２００７）
木村薫「南杣笑楚満人の黄表紙『仇報孝行車』翻刻」（『専修国文』104号、P.23－57、専修大学日本語日本文学文化学会、２０１９）
白倉敬彦『江戸の男色　上方・江戸の「売色風俗」の盛衰』（洋泉社、２００５）
谷口眞子『武士道考　喧嘩・敵討・無礼討ち』（角川学芸出版、２００７）
中村幸彦・岡見正雄・阪倉篤義編『角川古語大辞典』第一巻（角川書店、１９８２）

第八章
赤枝香奈子『近代日本における女同士の親密な関係』（角川学芸出版、２０１１）
板坂則子『江戸時代　恋愛事情　若衆の恋、町娘の恋』（朝日新聞出版、２０１７）
曲亭馬琴作　歌川豊国画『比翌紋目黒色揚』（和泉屋市兵衛、１８１５・文化１２年）
児玉幸多編『くずし字解読辞典　普及版』（東京堂出版、１９９３）
仲晃『「うたかたの恋」の真実　ハプスブルク皇太子心中事件』（青灯社、２００５）
プラトン著　久保勉訳『饗宴』（岩波書店、１９５２）
メアリ・E・ミラー、カール・タウベ著　増田義郎監訳・武井摩利訳『図説マヤ・アステカ神話宗教事典』（東洋書林、２０００）
中村幸彦・岡見正雄・阪倉篤義編『角川古語大辞典』第二巻、第三巻（角川書店、１９８４・１９８７）

第九章
神保五彌校注『新日本古典文学大系86　浮世風呂　戯場粋言幕の外　大千世界楽屋探』（岩波書店、１９８９）
神保五彌・杉浦日向子『新潮古典文学アルバム24　江戸戯作』（新潮社、１９９１）
棚橋正博『式亭三馬　江戸の戯作者』（ぺりかん社、１９９４）

中江克己『江戸時代に生きたなら　生活・風俗――江戸の物価交換変遷史』（廣済堂出版、１９９３）

第十章

神保五彌校注『新日本古典文学大系86　浮世風呂　戯場粋言幕の外　大千世界楽屋探』（岩波書店、１９８９）
神保五彌・杉浦日向子『新潮古典文学アルバム24　江戸戯作』（新潮社、１９９１）
棚橋正博『式亭三馬　江戸の戯作者』（ぺりかん社、１９９４）

第十一章

神保五彌・杉浦日向子『新潮古典文学アルバム24　江戸戯作』（新潮社、１９９１）
水野稔校注『日本古典文学大系59　黄表紙 洒落本集』（岩波書店、１９５８）
『日本国語大辞典』第十三巻（小学館、１９７２）

第十二章

麻生磯次校注『日本古典文学大系62　東海道中膝栗毛』（岩波書店、１９５８）
大石学監修『現代語　抄訳で楽しむ東海道中膝栗毛と続膝栗毛』（ＫＡＤＯＫＡＷＡ、２０１６）
十返舎一九原作・越水利江子文『10歳までに読みたい日本名作10巻　東海道中膝栗毛　弥次・北のはちゃめちゃ旅歩き！』（学研プラス　２０１７）
旅の文化研究所編『絵図に見る東海道中膝栗毛』（河出書房新社、２００６）
中野三敏『十八世紀の江戸文芸―雅と俗の成熟』（岩波書店、２０１５）

初出
集英社ノンフィクション編集部公式ウェブサイト「よみタイ」連載の「江戸ＰＯＰ道中文字栗毛」（二〇二一年十月～二〇二二年十一月）に加筆修正を行いました。
リメイク短編小説「大好千禄本」「私の敵の敵の敵」のみ書き下ろしです。

児玉雨子（こだま・あめこ）

作詞家、小説家。一九九三年生。神奈川県出身。明治大学大学院文学研究科修士課程修了。アイドル、声優、テレビアニメ主題歌やキャラクターソングを中心に幅広く作詞提供。著書に『誰にも奪われたくない／凸撃』『##NAME##』。

装画＝ユア

装丁＝小川恵子（瀬戸内デザイン）

本文DTP・図版作成＝大野真梨子（k22 design）

江戸《えど》POP《ポップ》道中《どうちゅう》文字《もじ》栗毛《くりげ》

2023年9月30日　第一刷発行

著　者　児玉雨子《こだまあめこ》

発行者　樋口尚也

発行所　株式会社　集英社

〒101-8050　東京都千代田区一ツ橋2-5-10

電話　編集部　03－3230－6143

読者係　03－3230－6080

販売部　03－3230－6393（書店専用）

印刷所　凸版印刷株式会社

製本所　株式会社ブックアート

定価はカバーに表示してあります。

造本には十分注意しておりますが、印刷・製本など製造上の不備がありましたら、お手数ですが小社「読者係」までご連絡ください。古書店、フリマアプリ、オークションサイト等で入手されたものは対応いたしかねますのでご了承ください。

なお、本書の一部あるいは全部を無断で複写・複製することは、法律で認められた場合を除き、著作権の侵害となります。また、業者など、読者本人以外による本書のデジタル化は、いかなる場合でも一切認められませんのでご注意ください。

©Ameko Kodama 2023 Printed in Japan
ISBN978-4-08-788095-3 C0095